団塊の秋

堺屋太一

祥伝社文庫

人生は、
玄《くろ》い冬にはじまり、
青い春と朱《あか》い夏を経て、
白い秋に至る。
暗い冬で終わるのではない。

団塊の秋◉目次

主要登場人物一覧

※肩書は本書が始まる二〇一五年時点のものです

石田光治　弁護士
上杉憲三　建設会社社長
大久保春枝　元高校教師。年金生活
加藤清一　財団法人副理事長
福島正男　投資コンサルタント会社社員
古田重明　新聞社社友
山中幸助　運送会社社員

第一話 さまよえる活力——二〇一五年

2015

2015年3月26日　木曜日　毎朝新聞

老若対立が激化！

デモ隊がスレ違う

二十五日、東京霞ヶ関で正反対の主張を掲げるデモ隊がすれ違う光景が出現した。

午後二時半頃、「高齢者雇用維持運動本部（徳田重雄会長）」の呼び掛けで日比谷公園に集まった高齢者ら約六千人が、「高齢者雇用維持法」の制定を要望するデモ行進を行った。これに対して、総理大臣官邸前に集まっていた「若年雇用促進運動（木下みどり代表）」の若者たち約二千人が、「高齢者は若者に席を譲れ」や「若い力を無駄にするな！」と書いたプラカードを掲げて日比谷公園に向かって坂を下りた。これには六本木方面から多数の若者が駆けつけて参加、たちまち四千人以上にもなった。

両デモ隊は財務省、経産省前の路上ですれ違った。

双方は、それぞれの主張をマイクで連呼し合ったが、整然とした行進に終始、衝突することはなかった（写真／吉川春夫撮影）。

金融緩和や追加予算による景気浮揚も束の間、相次ぐ消費税の引き上げと激しい円安によって物価は上昇したが、企業の設備投資は進まず、正規雇用は増えない。勤労者家庭の所得は伸び悩み、商店街の自営店舗も減る一方だ。高齢者と若者との職の奪い合いは激しさを増している。

先日大阪では「高齢教員を整理して若い教員を採用せよ」という決議案が区議会に上程され、教員組合の支援を受ける議員との間に論戦が行われた。

人口の高齢化が進み、年金支給開始年齢の引き上げなどが行われる中、老若対立は難しい局面にある。

小早川冬男東大教授の話

高齢化が進むこれからの日本では、高齢者にも働いてもらわねばならない。高齢になってから新しい職に就くのは難しいので、定年を延長し七十歳までは現職に留まる慣例を作るべきだ。だが、これを法律で定めるべきかどうかは議論があるだろう。

経営指導員　前田典夫氏の話

若年者の失業増加は重大問題。十代、二十代の失業率が20パーセントに近い現状は憂慮すべきだ。三十歳までに正規社員として就職しなければ組織の慣習や技術の習得が難しくなる。高齢者は農業やサービス業などの不定期労働に活路を見出してほしい。

（一）

「悪い悪い。幹事の俺が遅れて申し訳ない。うちの運転手がへぼでな、渋滞の中に突っ込んじゃうもんだから……」

そんな大声と共に、濃紺スーツの大男が入って来た。ハットを脱いだ頭は薄禿《うすはげ》ている。

二〇一五年三月の木曜日、午後七時を少し過ぎた頃だ。

「いやいや、お世話になったよ、加藤《かとう》さん」

テーブルの入口寄りに腰掛けていた小肥《こぶと》りの白髪頭が腰を浮かせた。

「実は僕もつい先刻来たとこなんだ。今日は幹事二人が遅刻だよ。ま、それでも加藤さんがいい場所を取ってくれたんで、今回も無事に集まれたよ」

「そうか、福島《ふくしま》さん。これでもまだ顔が利《き》くからな」

加藤と呼ばれた薄禿の大男は無遠慮に中央の椅子に座った。そして一息入れて周囲を見回して、

「今回は六人か……」

と呟《つぶや》いた。テーブルを囲んでいるのは男性五人と女性一人だ。

「六人でもよく集まったわよ。四十四年も続いているのよ、この会……」

入口側、福島の向かいに腰掛けた女性が、驚きの表情を作った。中年肥りが凋《しぼ》んだせいか、灰色の髪に囲われた顔は皺深《しわぶか》い。

「ほんまや、人生の奇遇やね。たった一回の旅行から一生の付き合いになるんやから」

奥の席の長身の痩《や》せ枯れた男性が身を乗り出した。グレーの替え上着は、男性の風貌と同じく少々くたびれている。

「まあね、山中《やまなか》さん。一回の旅行といってもいろいろあったからな、みな若かったし……」

奥の窓側、山中と呼ばれた痩せた男の向かいで中肉中背の禿頭が呟いた。

「そらね、上杉《うえすぎ》さん。あの頃は張り切っていたから、俺たちも日本も……」

テーブルの中央、今来た大男の向かい側にいた長い白髪を垂らした男性がいった。

「ふーん、あの頃は俺たちも日本もか。うまいことというな古田《ふるた》さんは。流石《さすが》ジャーナリストだな」

遅れて来た薄禿の大男、加藤清一《せいいち》が声高に笑った。それに釣《つ》られてか、全員が笑った。

最近巷《ちまた》に多い空《から》笑い、いやテレビ番組が晋《すす》めた「釣られ笑い」だ。

一見は気楽な談笑の中にも、高齢に達した一同が、「さん」付けで呼び合うのには、拡《ひろ》がってしまった地位と立場の違いに対する警戒感が滲《にじ》んでいる。

ここは東京都心の厚生福祉会館の一室、硬い灰色カーペットの床に白い吸音ボードの天井、化粧板の壁。二列に配置されたLED照明の下には長方形のテーブル、九十センチ角の小卓を三つ並べて白布を掛けたものだ。

部屋の造作も什器《じゆうき》の類《たぐい》も簡素だが、卓上に並んだ和洋混合の料理は結構なものだ。ビール瓶《びん》が林立し、白赤のワインもある。八千円の会費でこれだけのものが出せるのは官民営の会館なればこそだ。

「そらねえ、きっかけは奇遇だが、続いたのは時代と世代のせいだよ。俺たちは特別な時代に生きた特別な世代ってことだよ」

「流石ジャーナリスト」といわれた白髪を伸ばした男、古田重明《しげあき》がそういって自ら頷《うなず》いた。

「そらそうよね、みんな団塊の世代よね」

入口の窓側の女性、大久保《おおくぼ》(旧姓斉藤《さいとう》)春枝《はるえ》が老眼鏡を通して名簿を見ながらいった。

「この中で一番年上なのは古田重明さん、一九四七年六月生まれ、同じ年が福島正男《まさお》さんと山中さん、一年下の四八年生まれが加藤さんと私、それから四九年生まれが上杉憲三《けんぞう》さん……」

「まあ一九四九年生まれといっても三月だから、学年では一九四八年組ですよ」

と上杉は注釈をつけた。それに古田が続けた。

「そう、みんな団塊の世代だ。多少の年齢差はあっても同じ一九七一年に大学を出たんだ。それからの二十年間ほどが日本の絶頂期、高度成長と終身雇用と異業種交流の時代だった。だからこの会も続いたんだよ。いわば世代に縛《しば》られ、時代に踊らされてきたんだな」

古田の論評に一瞬座は静まった。だが、それも薄禿の大男加藤清一の呟きで破られた。

「悪かったかな……」

（二）

「はじまりは四十四年前の三月、羽田《はねだ》空港の国際線出発ロビーだったなあ」

と福島正男は心の中で呟いた。

青白い蛍光灯に照らされた飾り気《け》のないホールは、三百人以上の人々で混み合っていた。騒音問題で出発便の時間が制限されていた当時の羽田空港では、午後七時から九時までが北米やオーストラリア便のラッシュアワーだ。

東京大学経済学部四期生の福島正男がそこに入ったのは一九七一年三月はじめの午後七時過ぎ。生まれてはじめての海外旅行「カナダ・アメリカ十五日間の旅」に出るためだ。

その頃二十三歳だった福島は独身の下宿暮らし、郷里の広島県には祖父母と両親、姉と二人の妹の七人がいたが、海外旅行をした者などいなかった。何しろその前年、一九七〇年に海外に出国した日本人は、延べ六十六万人、日本の人口の一%にも満たない。

もうすぐ、四月になれば大手の三友《みつとも》銀行に就職することになっていた福島は、農業を営《いとな》む両親の仕送りと家庭教師のアルバイトで蓄《た》めた貯金をはたいて、ある旅行社の募集した「カナダ・アメリカ十五日間の旅・学生割引」に応募した。

価格は三十五万六千円、一ドルが三百六十円の時代としては割安だったが、学生の福島には清水《きよみず》の舞台から飛び下りるほどの大金だ。それでも銀行勤めになれば休暇も取り難《にく》い、と考えて思い切った。

待つこと三十分ほど、左側のカウンターで、

「学生割引の方はこちらに集まって下さい」

という声がした。そこでは旅行社の腕章を着けた男が手を上げていた。それに応じて集まったのは十二人、男九人女三人である。

「学生割引のみなさんの座席は飛行機の後部、つまり奥の方になっていますので、他のお

客さんより先に搭乗して下さい。カナダ、アメリカでもみなそうですから、時間に遅れないように早目に集合して下さい」

実際、飛行機に入ってみると、学生割引の十二人の席はDC-8型機の最後部中央の四列席三段に固められていた。

良い待遇とはいえない。窓も覗《のぞ》けないし、機内食が出るのも遅い。

どうやらこの旅行社は、五十人分ぐらいの団体航空券を割引で購入し、売れ残り分を「学生割引」にして売り出したらしい。添乗員は正副二人いるのに学生のところにはちょっと挨拶《あいさつ》に来ただけだ。

約九時間後、飛行機がカナダのヴァンクーバー空港に着いたが、入国手続きや荷物の取り出し、二台のバスに乗ってからの人数点検などで時間がかかり、都心のホテルに着いた時にはもう夕暮れ、さらに部屋割りや鍵の配布に一時間もかかってしまった。

「明日は午前八時にここを出てロッキー山脈の中腹にあるバンフに向かいます。有名なスキー場がありますよ。くれぐれも遅れないようにして下さい」

島津《しまづ》添乗員の叫びに追われるように一同はそれぞれの部屋へと急いだ。

福島正男は十四階のツイン・ルーム、相部屋は同じ東大生の加藤清一だった。

福島は、この旅行に出る前から加藤清一を知っていた。東大教養学部で学生運動のリーダー格だったからだ。

「公害反対！　独占資本の環境破壊を許すな！　授業料値上げ反対！　反動教授による大学管理を潰《つぶ》せ！　北ベトナム爆撃反対！　アメリカ軍は沖縄から出て行け！」

強調符の多い立て看板の横で、黒いヘルメットを被《かぶ》り角材を手にして演説する加藤清一の姿が、東大駒場《こまば》キャンパスではよく見られた。

福島正男も六八年春頃からは集会やデモに参加した。六月になると「登録医制度反対」を唱える学生が東大に集まり、東大のシンボル安田《やすだ》講堂や隣接の法3号館を占拠しだした。

その頃になると「全学連」の学園紛争は全国に拡がり、関西の学生とも交流するようになった。その中に色白痩身《そうしん》の石田《いしだ》光治《みつはる》もいた。「カナダ・アメリカ十五日間の旅」にも参加し、長い付き合いになる京都大学の学生である。

福島は、膨れ上がるデモ隊の数に興奮、本当に体制をひっくり返すような革命が起こるのではないか、と思ったこともある。

しかし、今にして思えば、六〇年代末の学園紛争には革命的な要素など全くなかった。十年ほどのちにアメリカの社会学者ダニエル・ベルが「六〇年代の若者の反乱は、膨れ上

がった世代が通り過ぎる風であった」と書いているのを見て、福島は深く頷いたものだ。今も、

「あの頃は真剣だったが、ただの世代の風だったんだなあ」

と思い返すことがある。

実際、一九六九年一月十日、正月休みを終えて郷里の広島から上京してみると、様相が変わっていた。何百人かの学生が東大本郷《ほんごう》キャンパスの安田講堂を占拠して立て籠《こも》っていたが、加藤清一は冷ややかだった。

「安田講堂にいるのはほとんどが他所《よそ》の学生だ。奴《やつ》らにはとても同調できないよ。それよりも俺は国家公務員試験を目指す。大企業に就職して独占資本の走狗《そうく》になるよりも、官僚として政府の内部から日本を変えるんだよ」

六九年一月十九日に安田講堂が警官隊に陥落されると学生運動は急に下火になり、学生たちの関心は翌年に開かれる日本万国博覧会に移ってしまった。デモに来ていた女子学生が、万国博覧会のコンパニオンの方に興味を持って応募しだしたことも影響した。

加藤清一の変心と情況の変化に、福島正男は慌《あわ》てた。四月から経済学部に進んだ福島は、マルクス主義の経済原論よりも、会計学や経営学の講座に熱を入れた。いずれは銀行か商社に就職するのがよい、と思いだしていたからだ。

「若かったのに大胆だったよな、あの時の俺たちは。団体旅行で行ってて、すぐ別行動したんだものなあ……」

中央の長い白髪の男、古田重明がそういい出したのは二本目のワインの栓が抜かれた頃だ。

「うん。あれも加藤さんがいい出したんだよ」

福島がすぐそう応じたのは、ちょうどそのことを思い出していたからだ。

ヴァンクーバーでは夜の街の散策もそこそこにホテルのベッドに潜り込むしかなかったが、翌朝目覚めるなり加藤清一は、相部屋の福島に向かって、

「この旅行はつまらぬ。ロッキー山脈のスキー場なんかに行って何になるんだ」

と怒りの籠った声でいった。

加藤の怒りは、ヴァンクーバーからカルガリーに飛ぶ間にもさらに膨らんだ。今度のフライトはボーイング727。後部座席の揺れと騒音が酷《ひど》い。

「なあ、みんな。スキー場なんかに行ってもつまらんと思わないか。俺はそれをキャンセ

（三）

ルしてこのカナダの大地を走り回ろうと思うんだが、一緒にやる者はいないかな。ここから北へ三百五十キロのエドモントンには世界最大の商業施設ウェスト・エドモントン・モールができた。この際はそれも見ておこうではないか」

加藤は最後部の座席から出ると、手荷物受取場でそんな提案をした。

「それはいい。カナダの大規模農業の現場と最新の商業施設はぜひ見ておきたいね」

福島正男はすぐに同調した。

「それはいいけど、お金はどうするのよ」

と唇を尖《とが》らせたのは三人連れの女子大生の一人、斉藤春枝だった。小柄で小肥りでおかっぱ頭、他の二人の女子大生より目立たぬ風貌だった。四月からは神奈川で高校教師になる予定だ。

「それはね、旅行社の添乗員に交渉して、宿泊費と食費の何ぼか返させたらいい。この田舎町なら物価も安いはずやから、七割でも返ってきたらやれるよ」

そう呟いたのは色白痩身の京大生石田光治だった。京都大学在学中に司法試験に合格、四月からは司法修習生として弁護士を目指す秀才である。

「でもさ、ここで自動車を運転するには国際免許証が要《い》るんだぞ、それがないとレンタカーも借りられないよ」

そう指摘したのは古田重明、既に全国紙への就職が決まっている早稲田《わせだ》大学四期生だ。長いくせ毛と度の強い眼鏡は今も変わらないが、当時はどちらも太くて黒かった。

「私、持ってますよ、国際免許……」

そんな声を掛けたのは関西の私大生だった山中幸助《こうすけ》だ。大阪の繊維問屋の息子だが、大学卒業後は大手電機メーカーに勤める予定だという。今は痩せ枯れているが、四十四年前は筋肉隆々のイケメンだった。

「でも一台では足りないぞ」

十一人の学生集団を見回して呟いたのは中肉中背の慶応《けいおう》大学生上杉憲三だ。

「そんなん簡単ですよ、レンタカー屋は三軒あるさかいに、一軒ずつ回ったら三台借りられますよ」

山中幸助は、商売人らしい才覚があった。

結局、十二人の学生のうち「絶対にスキーがしたい」という体育系の三人を除いた九人が、加藤の提案した「大平原ドライブ旅行」に参加することになった。

旅行社から付けられていた島津添乗員は、「絶対に駄目」と断ったが、石田は旅行契約書を見せながら巧《たく》みに説得、「ホテルと交渉の上、返金があれば返す」ということになった。海外旅行が珍しく、国際電話とファクスの不便だったこの時代には、添乗員の地位も高かったし、変更の権限も与えられていた。

結局九人の学生は、二台の乗用車をレンタル、エドモントンまで三百五十キロのドライブに出た。一台五人でもアメリカ製の大型車で大平原の高速道路を突っ走るのは爽快《そうかい》だった。

一同はまず高速道路沿いのレストランで分厚いステーキを喰《く》い、色とりどりの小麦サイロの群れをカメラに収め、恐竜博物館を見物して、途中の街レッドディアの高層ホテルに泊まり、大平原に沈む「カナディアン・サンセット」を堪能した。部屋代は十五ドル、エキストラベッドを入れて一部屋三人で泊まれば一人六ドルで済んだ。石油危機の前、宿泊料もガソリン代も安かった。

翌日はエドモントンの大商業施設を駆け回り、一マイルも続く穀物列車に驚き、午後四時の集合時間にはカルガリーの空港に戻っていた。そしてそこで添乗員の島津から一人十ドルの返済金を受け取った。

二日間の出費が一人当たり二十二ドルだったから「お値段以上」に楽しめた、といえる。

この成功に味をしめた学生たちは、飛行機だけは団体便に乗るが、着いた街では独自の行動をするようになった。ニューヨークではセントラルパークの散策やブロードウェーのミュージカルを止めてウエストサイドをうろつきストリップ・バーを冷やかした。サンフランシスコでは金門橋《きんもんきょう》や平和条約締結の場になったオペラハウスの見学を止めて同性愛者の街を歩いてみた。

「とにかく、無茶やっておもしろかったな」

四十四年後の今、二〇一五年でさえも、みなそういうほどの冒険旅行だった。それだけに、十五日後の帰りの便では、

「これからもみんなで会おう。一年に一回はな」

ということになった。一応名を加奈陀《カナダ》、米国《アメリカ》から「加米《カメ》の会」とし、最初の幹事役を大手銀行に入る福島正男と新聞社に就職する古田重明が担当することになった。

「みんな似た年頃」とはいえ、出身学校も勤める職場も異なる人々が集まるきっかけは、このようにして作られた。そしてそれが長く続いたのは、最初の幹事を務めた福島正男と古田重明が熱心だったのと、世間一般に「異業種交流」の勉強会を奨励する雰囲気が盛り上がっていたからである。

もっとも「年一回」の約束通りに集まったのははじめの二回だけ、やがて二年に一回になり、三年に一回になった。一同が結婚し、海外駐在も増えた一九八〇年代には二度しか開けなかった。それが「二、三年に一回」で復活したのは二一世紀になってから。退職を

間近に控えた厚生官僚の加藤と銀行員の福島が熱心になりだしたからだ。

（四）

「それでは近況報告といくか、三年振りだからな」

思い出話が途切れたところで、中央の薄禿頭、加藤清一がいった。

「ふん、今さら近況報告でもあるまい。この歳《とし》になると、そう変わるものでもないからな」

と呟いたのは加藤の左隣にいた山中幸助だ。痩せ過ぎた身体にもくたびれた替え上着にも現実の厳しさが滲んでいる。

「そうそう。それより日本経済は本当に大丈夫かね、古田さん」

と続けたのは奥の禿頭、上杉憲三だ。こちらは灰色の三つ揃《ぞろ》いのスーツだが、古い仕立てだ。この服装からも昔の栄華と今の苦境が見てとれる。

「それそれ……」

福島正男はほっとした思いで頷いていた。

実際、福島は近況報告などしたくなかった。三年前、二〇一二年三月のこの会では、

「昨年末に四年勤めた三友不動産管理会社を卒業し、知人の投資コンサルタント会社に常勤顧問として就職することになりました。これからは銀行時代に蓄《たくわ》えた金融の知識と人脈を活用して、日本経済の振興、日本企業のより良い資金活用に役立ちたいと思う」

などといったものだ。福島にとっては二度目の天下り、いや六十五歳にしてはじめての三友グループ外への転出だった。

「そりゃいいな。日本の資本力を大いに発揮してもらいたいね」

元厚生官僚の加藤清一や高校教師の大久保春枝が、そんな激励とも称賛ともとれる声を上げた。

「いや、そのつもりだ。僕にはニューヨークに三年、上海《シャンハイ》に二年駐在した経験があるからね。日本の中小企業には優れた技術がごまんとある。これに金融ノウハウを結びつければ大いに発展の道があるはずだよ」

と胸を張った。もちろん福島も、それを受け入れたコンサルタント会社も、三友銀行時代に培《つちか》った人脈を期待してのことだった。

しかし、現実はそれほど簡単ではなかった。その頃は長引く不況で、資金を借りて投資をする企業も、海外進出を図るほど元気のある中小企業も見つからなかった。何よりの思《おも》惑《わく》外れは、翌年からの超金融緩和で、銀行の「顔」が利かなくなったことだ。

「金利は一・五%でも」

と誘ってみても、中小企業者は振り向いてくれない。中小企業に対する融資には、日本金融界の伝統通り「社長の個人保証」を要求したからだ。

結局、福島は常勤顧問になってから一年余り、一件の新規案件も獲《と》れず、既成の契約対象に意見を述べる程度でお茶を濁《にご》していた。

三友不動産管理会社での勤務経験からも、福島はそれでも焦りも苛立《いらだ》ちもしなかった。少々失望したのは新規契約を獲れば得られるはずの歩合手当が付かないため、年間収入が三友時代の半分、約八百万円に落ちたことだけだ。

しかし、外資系コンサルタント会社出身の経営者は厳しかった。就職して一年余り経《た》った一昨年九月、

「福島さん、金融コンサルタントとして実績が上がらないようなら、内部事務でも担当しますか。いやもちろん、これからもチャンスがあれば新規顧客の開発はして頂きたいし、成功すれば歩合手当もお払いしますがね」

といわれた。ちょうど事務の女性が出産育児の長期休暇に入った時だったのだ。

「はあ、そうさせて頂きます……」

福島正男はそう答えるしかなかった。

「それなら結構……」

福島より二十歳ほど年下の外資系出身の経営者は、縁なし眼鏡を光らせて呟いた。

「事務の仕事となれば給与の方も前任者並みになりますよ。どれくらいか庶務担当者に訊《たず》ねて下さい」

それは月給三十万円少々、ボーナス年間三ヶ月、併せて年俸四百六十万円ほどというこ とだった。もちろん、旅費や交際費は一切出ない。通勤手当は電車の定期代だけだ。

福島は、その後も新規顧客を獲ろうとはしたが、未《いま》だに成功していない。かつての人脈もみな老いていたのである。

仕事が変われば、給与だけではなく事務机の場所も大きさも変わった。窓際の両側に引き出しの付いた大型デスクから、大部屋の片隅に五つ並んだ、片側にだけ引き出しのある中型デスクに移された。その机が、産休に入った前任者の席である。

福島正男は、そんな近況をいいたくなかった。だから、山中幸助や上杉憲三が、将来の世情に話を向けてくれたのにほっとした。

（五）

「うーん、難しいところだね、金融緩和でインフレは進んだが、景気への波及は遅れてるよね」

長髪を垂らした古田重明が一同を見回していった。前回、二〇一二年の会合では毎朝《まいちょう》新聞編集委員の肩書きだったが、今は「社友」、そして子会社の毎朝出版顧問が付いている。毎朝系の雑誌や電子版に時たまコラムを書く、といった立場だ。それでも、いやそれだけに質問に応じる顔は輝いていた。

「まあねえ、政府は随分お金をバラ撒《ま》いてんだがね、円安も進んで輸出も伸びているとはいうが、実感としてどうかね、みなさんは……」

古田の答えは抽象的、十年前のような政治家の固有名詞が並ぶものではなかった。

「いやあ、われわれのとこには全然回ってこないよ、公共事業の増額といっても……」

腹立たし気に叫んだのは奥の禿頭、上杉憲三だ。

上杉は慶応大学を出て十五年間ほど商社勤めをしたのち、日本海側の郷里に帰って親の代からの建設業を継いだ。全国で話題になるほどの規模ではなかったが、二十年余り前には「東京支店用のベンツ」でこの会合に来たこともある。福島正男が上海に赴任する前だから一九九一年頃だ。

「上杉さん、地方の建設業はまだ駄目かね」

古田が皮肉っぽい微笑で問い返した。

「駄目だね、ますます冷えてるよ」

上杉は禿頭を赤らめていった。

「とにかく、予算は付いたといっても発注が遅くてね。災害防止か国土強靭化かは知らんが、調査と計画と調整ばっかりやってるよ」

「それは俺も痛感するんだ……」

と怒りの籠った声を挟んだのは山中幸助、奥の席の痩せ枯れた男だ。

「僕ら関西だからね、よく思うんだけど、阪神大震災の時は一年半ぐらいで地域別の復興計画が次々と決定して実施にかかったけど、今度の東日本大震災ではまだ計画決定もできてないところが多いよね。四年も経つのに。これでは東北の被災者に気の毒やないかな」

「そりゃあ、場所も時代も違うよ」

と吐き捨てたのは薄禿の元厚生官僚加藤清一だ。

「まず阪神は地震だけだったが、東北は地震と津波と原子力の三種類が重なってるからね。それに阪神は地域が狭くて兵庫県だけだったが、東日本は岩手、宮城、福島の三県、茨城まで入れると四県にまたがってるんだよ。東京の復興庁に各県の地方公務員を呼んでやるんだから、担当官僚も気配りが大変だよ」

「今から思えば阪神の復興は速かったね。うちの周囲でも半年ほどで全部復旧したよ、電気もガスも水道も道路も電車も……」

被災地に居住していた山中はこだわった。

「そらね、あの時は元内閣官房長官とか建設省や通産省のOBの評論家なんかが復興委員会なんて作ってさ、この道は物流優先で臨時舗装してトラックを通せ、こっちは電力ガス優先で交通規制して掘り返せ、隣は水道が先だから大至急で土管を入れろなんて決めてさ、速く安くに徹してたんだ。俺は当時厚生省で水道に関係してたけど、素人介入には参ったよ」

加藤は身を乗り出して力説した。話が官僚制度に絡むとそうなるのがこの男の常だ。

「それ、よかったんじゃないの」

と遠慮がちに大久保春枝が口を挟んだ。元高校教師は、こういう問題では一般市民の一人だ。

「とんでもない。あんなことやられたら業界秩序も衛生技術の確保も吹っ飛んじゃうよ。

水道てのは道路建設や河川修理とは業界も企業も違うんだよ」

加藤は吐き捨てるようにいった。

「それは難しいところだな」

と天井を見て呟いたのは、ジャーナリストの古田だ。

「ま、阪神大震災の復旧復興は速くて安かったよ。被災総額九兆九千億円に対して復興予算は四兆五千億円、半分以下だった。それに対して東日本大震災の被災総額は十九兆円余りだが、復興予算は補正の追加も入れると二十三兆円も計上している。それでもなかなか進まない……」

「まあ、阪神大震災の復興予算はけちり過ぎやったね。だから関西経済はどんどん落ちたんだよ。芦屋《あしや》や灘《なだ》にいたお金持ちがどっと東京へ行っちゃったもんなあ」

山中はそんな嘆きを呟いた。この男が長年勤めた電機メーカーが、他社に吸収合併されたのは阪神大震災から十五年ほどあとのことだ。

「関西経済の地盤沈下は地震のせいだけじゃないだろう」

加藤清一のこの言葉で、一同の地震談義は終わった。それに代わって出たのは大久保春枝の呟きだ。

「この物価高、どこまで行くの……」

大久保は半白髪に包まれた顔を尖らせて続けた。

「政府の発表では年率二%というけれど、私たちの実感は全然違うわよ。電気代もガソリン価格も食料品も五割以上値上がりしてる感じよ。これってどういうこと……」

大学を卒業して三十七年間も高校教師を務めた年金生活者の女性にとっては、消費者物価の上昇は深刻な問題なのだ。

「まあね、二%というのは消費者物価の平均だからね。確かに輸入比率の高いガソリンや食料品はかなり上がっているよ、凄《すさ》まじい円安に消費税の引き上げが加わったからね。けど、国産のパソコンや自動車はほとんど値上がりしていないでしょ……」

そんな官僚答弁をしたのはやっぱり元厚生官僚の加藤清一だ。

「そんなの誤魔化しのいい訳よ。私たちは今さら自動車やパソコンを買わないからね。食料と日用雑貨と電気代、この三つの値上げが家計の大敵ですよ」

大久保春枝は短躯《たんく》を乗り出した。離婚と再婚を経験し、娘と息子の二人の子供を育て上げた老婦人の関心事としてはごく普通のことだ。

「家計も厳しいだろうけど、消費税の値上げ分を売り値に転換できない業種の多いのも問題だよ」

福島正男が口を挟んだ。福島の勤める投資コンサルタント会社では、それがよく問題になる。

実は福島の勤める会社の経営者兼チーフエコノミストは、三年前から、

「これからは金融緩和で物価が上昇し、円安効果で輸出が伸びる。だから早目に設備投資をすれば確実に利益が出る」

と勧めていた。福島自身も同じ考えだった。だが必ずしもそうはなっていない。

確かに円安は進んだ。三年前の最高時に比べると五割以上も円の対ドルレートは下がったが、輸出は期待したほどに伸びない。輸入原材料や電力料金、輸送費の値上げ、最低賃金の上昇によるコスト増、それに貿易交渉の立ち遅れで関税面でも日本製品が外国市場では不利になっている。そんなことが重なって、数量ベースで見た輸出は伸びない。

「それはねえ、企業としては輸出の数量を伸ばすより利益の確保が大事だからね。円安分ほどには輸出価格は下げてないよ」

そんな注釈を加えたのはジャーナリストの古田重明だ。

「思い出してみてよ、福島さん。俺たちがニューヨークに駐在していた一九八七年頃を」

と古田が続けた。

「あの頃は猛烈な円高で、俺たち円建てで給与をもらっていた駐在員はみな高給取りになったよね。それでもアメリカの輸出は大して増えなかったし、日本の輸出も減らなかっ

た。為替の調整で貿易の不均衡が是正されるなんてのは経済学者のいう机上の空論ですよ」

「なるほど、今の日本はあの頃のアメリカと同じなのかねえ……」

福島はそう呟いて、当時を思い返した。

一九八七年、三十九歳の福島正男は三友銀行の駐在員としてニューヨークはマンハッタンの南端にそそり建つ世界貿易センタービルに通っていた。二歳下の妻と十一歳の娘と九歳の息子と共に住宅街のクイーンズ区に一戸建てを構えていた。通勤は地下鉄だったが、家にはピカピカのビュイックがあった。

同じ時、古田重明も全国紙の特派員でニューヨークにいた。こちらはマンハッタンのイーストサイドの高層マンションに、妻と娘の三人家族。福島の息子と古田の娘は日本人学校の同級生だったし、駐在員の会合でもよく会った。国会議員や役所の局長が来ればパーティーを開き、企業経営者が来れば食事会を催した。「群れる日本人」の典型だったかも知れない。

福島の仕事は、円高と金融緩和で豊かになった日本の企業に、アメリカでの投資を斡旋《あっせん》することだった。企業買収もあれば不動産投資もあった。福島は、出張客を案内してアメリカの東部、マサチューセッツからヴァージニアあたりを何度も旅したものだ。

　そんな中で福島が見たのは、荒れ果てた工場群だ。ニュージャージーにも、ペンシルヴァニアにも、オハイオにも、ガラス窓の破れた廃工場が沢山《たくさん》並んでいた。工場が潰《つぶ》れると労働者もいなくなり、住宅街も空き家だらけ、デトロイトでは町全体が空洞化し、キリスト教会まで閉鎖になっているところもあった。

　ある会食の席でその話をすると、新聞記者の古田重明がこれに飛びつき、

「アメリカの貧困地帯を行く」

という連載記事にした。そこには工場の閉鎖で解雇された工場長がモーテルの管理人になっている話や、工業都市で財政が悪化し市立病院が突如閉鎖されて入院患者が路上に並べられた写真などもあった。

「最早アメリカの時代は去った。二一世紀は日本の時代になるだろう」

古田重明の連載「アメリカの貧困地帯を行く」はそんな言葉で締め括《くく》られていた。

「確かに。八七、八年頃には円の対ドル為替レートは三年で二倍ぐらいになったけど、日本の対米輸出は減らず、アメリカからの輸入も増えなかったなあ」

福島正男は、若き日の記憶を辿《たど》って呟いた。

「そうよね。中曽根《なかそね》さんって総理大臣が『一人百ドル輸入品を買いましょう』なんてやってたこともあったわよね」

元高校教師の老婦人がニヤリとした。

「けど、結局アメリカからの輸入は増えなかった。アメリカ自体で製造業離れが起こっていたからね」

古田は、当時の現場取材を基にそんな結論を出した。それに福島も同調した。

「そんな中でレーガン大統領は猛烈な自由化をやったんだもんな。輸入の自由化はもちろん、運輸も情報通信も金融も。株式売買手数料の自由化で証券会社が成り立たなくなってね、みんな投資ファンドになっちゃったよ」

「ふーん、あれは凄《すご》かったね。カジノもストリップも規制緩和、バーのカウンターで全ストをバンバンやってたもんなあ」

「結局、それがよかったんじゃないの。強いアメリカが復活したんだから」

八〇年代後半にアメリカに駐在した二人の話に、そんなまとめを入れたのは奥の禿頭、上杉憲三だった。

「とにかく、八〇年代のレーガノミクス（レーガン大統領の経済政策）で製造業は駄目になっても新産業が興《おこ》ったよね。情報産業やIT技術、娯楽観光産業。今もアメリカが超大国であり続けているのはあの大胆な自由化のせいじゃないのか」

「それに何よりソ連との冷戦に勝っちゃったんだからねえ」

と言葉を挟んだのは山中幸助だ。

「あれはアメリカの自由化のせいじゃない。ソ連が下手過ぎただけだよ、日本の官僚がやってりゃあ、ソ連もああはなってねえよ」

元厚生官僚の加藤清一が、そんな権限意識の籠った発言をしたので、思い出話は打ち切られた。

（六）

「ここでね、石田光治さんから『加米の会のみなさんへ』という手紙が来てるから、披露させてもらうよ」

一瞬話が途切れたのを捉えて、中央の薄禿男、加藤清一が懐《ふところ》から手紙を取り出した。

「へえ、石田さんも律義だな、そんな分厚い手紙をくれるとは」

左隣の痩せ枯れた男、山中幸助が加藤の手元を覗き込んで呟いた。

「そうだよ、ちゃんと自筆、ワープロじゃなしに手で書いてるぞ」

加藤は紙束をちらつかせていい、それを読みだした。

「みな様に三年振りにお目にかかれると楽しみにしながら、今回は止むを得ぬ事情で欠席させて頂きます。みな様、お元気で御活躍のことと推察し、歓んでいます。

さて、私儀、二〇一二年の年末の総選挙で、みな様方の御支援にもかかわらず落選、衆議院議員の席を失いました。目下は次期国政選挙での復活を目指して活動しております」

「ふーん、石田さん、またやるんだ……」

と呟いたのは元高校教師の大久保春枝、かつては高教組の熱心な支援者だった女性だ。

「そらそうだろう。一旦政治に入ったら、他に勤めるわけにもいかないからな」

と皮肉ったのはジャーナリストの古田重明。一時は米国駐在もしたが、専門はやっぱり政治だ。

「石田さんは、落ちて通って落ちて通って、また落ちたんだな、二勝三敗か……」

そう呟いたのは日本海側で建設業を営む禿頭の上杉憲三だ。

「いや、二勝四敗だ。はじめは二回続けて落ちてる」

と山中幸助が訂正した。電機メーカーの労組委員長を務めたこともあるだけに、その辺の事情は詳しい。

「続きを読むぞ」

加藤は雑音を抑えるようにいった。

「財政状態を無視したバラ撒き予算、庶民の暮らしを破壊する物価の上昇。進まぬ外交交渉、政権タライ回しの与党、離合集散を繰り返す新興政党。そんな政界を見るにつけてもこのまま引き下がれぬ思いが募ります。

私の選挙区では過疎化と高齢化が進み地域経済の衰退は著《いちじる》しいものがあります。商店はシャッターを閉じて久しく、シャッター通りは今や鉄錆《てつさび》通りの様相を呈しています。

日本はこのままではいけない。何としても改革が必要だと悲憤する毎日です」

「へえ、石田さんとこでもそうかねえ、京都と大阪の間じゃなかったっけ……」

と堪《たま》りかねた叫びを上げたのは禿頭の上杉だ。

「そらそうよ、私たちの神奈川県の郊外団地だって過疎化高齢化は酷いよ」

といい添えたのは大久保春枝。

「最近の金融緩和で地価が上がったのは都心のごく一部、日本国土の一万分の一だけだよ」

そんな統計的な話をしたのはジャーナリストの古田重明だ。

「だから、その三千五百ヘクタールを買い占めたファンドだけが儲《もう》かってるんだ」

福島正男は叫んだ。この男の属するコンサルタント会社の社長は、三年前から不動産投資も勧めていたが、当たったのは十二件のうちの二件。それでも外資系出身の社長は、この二例だけをあちこちで吠え回っている。

「待て待て、まだ手紙の続きがある」

再び加藤が雑音を制した。

「なお娘の初音《はつね》は昨年六月女児を出産、私も六十六歳で初孫に恵まれました。息子の好太《こうた》は二年前に経済学で博士号を得ましたが、希望の教職が見つからず、未だ研究室通いです」

「へえ、石田さんとこも博士浪人、うちもそうなのよお」

と大久保春枝が叫んだ。

「お宅は何の博士……」

と古田が訊ねた。

「うちは工学、原子力工学よ」

という大久保の答えに、古田は呟いた。

「そりゃあ気の毒だな。日本の原子力は全く新規着工がないからねえ」

「そうなのよ、うちの子が大学院に入った二〇〇五年頃は気候温暖化対策で原子力大推進だったのに、東日本大震災でバッタリでしょ。大学でも原子力工学科は縮小したり閉鎖したりで教職もないのよね」

と大久保は梅干し型になった唇を尖らせた。

「そらねえ、政府官僚のいうことなんか聞くと、大抵失敗するよ」

とニヒルに応じたのは山中幸助だった。

「追伸……」

人々の会話を他所に加藤が叫んだ。

「追伸。加藤さんへ。昨年末、貴財団を訪ねた折には御親切な指導賜りありがとうございました。件《くだん》の話は無事進行……。ま、ここから先はいいや。俺への話だな」

加藤は最後の部分は黙読したが、その実は自分が役立っていることをみなに聞かせたかったのかも知れない。そんな心理を推察してか、上杉が叫んだ。

「ほう、加藤さんはまだ忙しいんだね」

「まあね、引き続き社会福祉事業施設機器開発協会の副理事長をしているよ。まだ扱《こ》き使われてるってことだよ」

加藤は満足気にいってから周囲を見回して続けた。

「序《つい》でがあったら事務所へ寄ってくれよ。なんかの時には役に立つかもよ。改めて……」

といって名刺を差し出した。

「随分、長い名前の財団だな……」

受け取った名刺を、老眼鏡を通して見て、上杉憲三が呟いた。

「そうなんだ、類似の団体が多いからね、区別するのにどんどん名前が長くなるんだな」

加藤はそう応じてから一同にいった。

「ま、名前を憶《おぼ》えるためにも事務所に来てみてくれよ。虎《とら》ノ門《もん》の森ビルの十二階が役員室だからね。受付で名前いってもらえばすぐ分かるようにしておくよ」

「そうか、じゃあ一回伺うよ」

と福島は身を乗り出した。今や社会福祉は最大の成長産業、それと繋《つな》がればコンサルタント契約も獲れるかも知れない、と思ったのだ。

「いけね、もうすぐ九時だ。俺は上越《じょうえつ》新幹線だからね」

上杉憲三がそんな驚きの呟きを発したのは、加藤が名刺を配った直後だ。

「ほんとだ。山中さんも急がないと。大阪行きののぞみは最終が九時二十分でしょ」

大久保春枝が心配そうにいった。

「いや、俺はええんや。急がなくても……」

山中は尖った顔を振って呟いた。

「ほお、山中さんは東京に泊まるのかね、どっちの方かなお宿は……」

慌《あわただ》しく出て行った上杉を見送りながら、加藤が訊ね、そして山中の低い呟きを大声で繰り返した。

「何、新宿《しんじゅく》。じゃあ俺の車で送るよ。俺は代々木《よよぎ》のマンションだからさ。先に降ろしてくれたら、あとはどこにでも送らせてくれ」

「それじゃあ、俺も頼めるかな、俺、西武新宿線だから」

福島が釣られていった。コンサルタント会社で事務に回されてからはタクシー代も重い負担だ。

「いいよ、いいよ。遠慮なく自宅まで使ってくれ。普段はあんまり使ってないんだから」

加藤は余裕と自慢の入り混じった表情で呟いた。

（七）

加藤清一、福島正男、山中幸助の三人が、集めた会費から会館への支払いを済ませて一階正面玄関に出たのは午後九時二十分頃。既に加藤付きの財団の車は玄関に付けていた。黒塗りのレクサスだ。

「俺、一番先に降りるから前に乗るよ。福島さんはこっち、山中さんは向こう側から乗って下さい。後ろの座席は肘掛けを降ろしたままだからさ、向こうから回らんと」

加藤はそんな指示を出して自ら前部座席の助手席に入った。

「まず、私の自宅、あとはお客さんの指示する場所まで頼みますね、新宿と井荻《いおぎ》だけど」

加藤は、車が動きだす前に、運転手に告げた。十五年前に厚生省の審議官になった時から公用車は使い慣れている。

「はい、分かりました」

と頷いた運転手も白髪混じり、ほとんど同年輩に見えた。

「副理事長、明日の予定表は後部座席のポケットに入れてあります」

出発して三分。車が内堀《うちぼり》通りに入ると、運転手がぽつりといった。

「あ、そうか。済まんが福島さん、そこのポケットに入ってる書類、クリアファイルに入ってるの、取ってくれるかな」

加藤が前部座席から身を捩《よ》じらせた。その声で福島ははじめて後部座席の背についたポケットを見た。そこには全国紙五紙の朝夕刊と経済雑誌と政官界の噂《うわさ》ニュースなどが一杯に詰め込まれている。そしてその上に白い一枚紙の入ったクリアファイルが差し込んである。「明金曜日の予定表」だ。

福島は無言でそれを抜き出して前の加藤に差し出した。受け取った加藤はすぐ呟いた。

「明日はまた認知症者GPSの基準化原案策定会合か……」

「認知症者GPSの基準化、あれお宅でやってんの……」

そんな声を上げて身を乗り出したのは後部座席右側の山中幸助だ。

「いやあ、うちでやっているというわけでもないけどね、厚生労働省と経済産業省と総務省の共管だからね。全国統一規格策定有識者会議に出す厚労省原案はうちの財団で書いてんだ。これって大変だぞ、どこの案が通るかで配下の企業の盛衰にも影響するからね」

「まあカーナビに似てるから電機メーカーが上手《うま》いんじゃない」

そう囁《ささや》いたのは、かつて電機メーカーに勤めていた山中幸助だ。

「とんでもない」

と加藤が高い声を出した。

「経済産業省や総務省の連中はそんなことをいうけど、厚生労働省では医療機器と見ているからね。全然違うんだよ」

「へえ、カーナビから入るか、医療機器を拡げるかで違いがあるの……」

思わず福島も口を挟んだ。

「そりゃあ根本的に違うよ。造るメーカーが変わると販売ルートも変わる。装着に専門医の許可が要るかどうかも問題だし、取り締まり誘導は警察か消防かという問題もあるしね……」

加藤は興奮気味にいった。

「厚労省の原案は厚労省の役人が書くんじゃないの」

と福島はいってみた。銀行では中小企業融資を担当してきた福島だが、官僚機構の仕組みに疎《うと》い。

「そりゃそうだけど、技術的な問題は官僚じゃ分かんないからさ、うちの財団に医療機器メーカーやら電子機器メーカー、それに専門の医師を集めて厚労省原案を作るんだよ。経産省も総務省も同じことやってんだからね。有識者会議のメンバーといっても各省推薦でなってんだから本当のことは分からないわね。どっちから推薦したかで意見は決まっているようなもんだ」

「あれって、世界基準作る動きがあるんじゃなかったかなあ」

と問い掛けたのは山中幸助だ。

「そうなんだ。だから国際規格が具体化する前に日本独自の基準規格を決めないとね」

加藤は勢いを増した。だが山中も引かない。

「日本は独自規格にこだわったから技術のガラパゴス化が生じたんじゃないの。携帯電話機でも液晶テレビでも」

「それはどうか分かんないけどね。外国人には厚労省か経産省か総務省かという肝心なとこが分かっちゃいないからね。日本は日本でやらなきゃ……」

加藤がそう力説しだした時、車は止まった。

「あ、我が家に着いちゃったよ。ま、続きはいずれまたな」

加藤清一は軽い言葉を残して前部座席から躙《にじ》り出た。そしてもう一度、後部座席の二人を覗き込んでいった。

「そこの新聞、よかったらどれでも持っていってよ。手は付けてないから」

加藤が去ると、初老の運転手が訊ねた。

「次はどちらに……」

「新宿の長距離バス・センターにお願いします」

と山中幸助は呟いた。

「へえ、山中さんは長距離バスで帰るのかね、大阪まで……」

「うん、あれ便利なんだよ」

山中は短く答えてから、

「じゃあ、加藤さんのご好意に甘えて、この新聞、朝夕刊各二紙ずつ頂いて行きますよ」

と運転手に断って、新聞束を手にしたバッグに押し込んだ。

「山中さん、生活が苦しいのかもな」

新宿長距離バスターミナルの方に小走りで行く山中幸助の尖った後ろ姿を見送りながら、福島正男はふとそんな気がした。

夜行バスの料金も燃料高で上がったが、それでも木曜の晩は新幹線の半分以下だ。

（八）

二〇一五年の四月も終わりに近い頃、福島正男は、虎ノ門の森ビルの財団法人社会福祉事業施設機器開発協会に、副理事長の加藤清一を訪ねた。

先月開かれた「加米の会」で、加藤に出会ったことを、自分の勤める投資コンサルタント会社の社長に話したところ、

「それは福島さん、その加藤さんとやらに顔を繋いでおいた方がいいですよ。ひょっとしたら、何かのきっかけになるかも知れんからねえ」

といわれた。それでも福島は躊躇《ちゅうちょ》した。東京大学を卒業して大手の三友銀行に入り、二〇世紀のうちに役員寸前まで昇り詰めて子会社の不動産管理会社に天下った福島正男は、他人にものを頼む立場になったことがほとんどない。福島自身は、自分を、

「腰の低い威張らない男」

と思ってきたが、三年前にこのコンサルタント会社に入ってから徐々に考えを改めた。
「金融の知識もアメリカや中国に駐在した経験もある自分が、コンサルタント契約の一つも獲れないのは、どこか上から目線の感じがあるのではないか」

と思うようになったのだ。そしてそれは、一昨年九月、「事務の仕事」に担当が変わり、小さな事務机に移ってから一層厳しく感じる。娘より年下の女子社員に、領収書の整理や残業手当の計算を教わらねばならないことが多かったからだ。

それだけに、二十歳ほど年下のコンサルタント会社の経営者に、「その加藤さんとやらに顔を繋いでおいた方がいいですよ」といわれたのは誇らしかった。それは「加藤とならば飲食に費用を使っても会社の交際費で認めてやる」という意味でもある。

早速に加藤清一に面会を求める電話をしたが、
「三月は役所の注文が立て込んでいてね、四月に入ってからでもいいかな」

という返事だった。

こうして、ようやく取った約束の期日が今日、四月下旬の水曜日、「とりあえず俺の事務所、森ビルの十二階へ来て下さいよ」ということだった。

虎ノ門は遠くない。タクシー代は千円未満だったが、福島正男は丁寧に領収書を取り、財布に収めた。これも会社に請求できる分だ。ビルの玄関は貧弱でエレベーターも飾り気がない。公的機関の入るビルに共通の特色である。

それでも十二階の役員室受付には制服の女子従業員がおり、二十畳ほどの役員応接室に通された。化粧ベニヤを貼った壁にはこの財団のカレンダーと腕自慢の職員が描いたらしい素人っぽい油絵がかかっている。

待つほどもなく別の女子職員が現れて、

「どうぞ、副理事長室へ」

と案内してくれた。そこは三十坪ほどもあり、正面には大型デスクと応接セット、脇には十人分ほどの会議セットがある。飾り気のないことは先刻の役員応接室と同じだが、積み上げられた書類書籍の類《たぐい》は多い。

「なかなか立派な部屋ですね、加藤さん」

福島は挨拶代わりにそういったが、加藤は冴《さ》えない表情で「そうかな」とだけ呟いた。三月の会食の際とは異なり、酷く元気がない。その理由を加藤は、

「俺、ここ変わるんだよ、この六月で……」

と伝えた。そして顔を擦《す》り寄せるようにして囁いた。

「このポストにはな、元の厚労事務次官の本田忠司《ほんだただし》君が来るんだよ。本田君は生命保険研

究所の顧問をしてるけど、この六月で四年、所管関係団体への就職禁止の年季が明けるんでね。ここに入るんだよ、次期理事長含みでね……」

加藤は極秘情報を漏らすように小声で囁いたが、その本意は、

「事務次官経験者を押し込まれては、局次長止まりだった身では仕方がない」

ということらしい。

「それでな、俺は七月からは年金基金整理促進機構の関東支部の担当理事だよ。いや関東といっても所在地は東京、すぐそこの青山《あおやま》だよ」

加藤は自嘲とも取れる笑いを浮かべて続けた。

「先刻見て来たんだけど、部屋はここの半分ぐらいだし、交際費も減る。それに秘書も年寄りだ。車だってクラウンのオンボロだよ」

「へえ、そうなの……」

福島はがっかりした。これでは福祉関係団体とのコンサルタント契約の助力も頼めない。それでも諦《あきら》めずに訊ねた。

「それで、その年金基金整理促進機構ではどういう仕事をするのですか、加藤さんは
……」

「仕事」

加藤は素頓狂《すっとんきょう》な叫びを上げて福島正男の顔を見た。そして三秒ほどあとで呟いた。

「そこまでは聞いてないよ、俺だって……」

第二話　年金プラス十万円──二〇一七年

2017

2017年4月25日　火曜日　経読新聞

変わる・船場

昔繊維街──今は新住宅街

大阪の中心部「船場」が大変化を遂げている。「関西の新高級住宅街」に変身しているのだ。「船場」といえば商都大阪の中核。丼池（どぶいけ）筋には繊維問屋が並び、道修（どしょう）町には大手製薬会社が、本町通りには五綿八社といわれた大商社が軒を並べていた。１９７０年の日本万国博覧会の頃である。

ところがその後、東京一極集中で製薬会社も商社も東京に本社機能を移転、繊維問屋も全国商店街の衰退と共に姿を消した。大阪の中でも大企業のオフィスは梅田などのキタの高層ビル街に移り、船場は空洞化、雑居ビルが並ぶだけの街になっていた。

その船場がここに来て「都心の高級住宅街」として注目されている。

きっかけは「チャレンジ特区」の指定。容積率が拡大され空中権の売却が奨励された結果、広い公開空地を持つ高層マンションが増加。古いマンションも「リノベッタ運動」で改装、小部屋仕切りの2LDKがアトリエ付きの広い社交スペースとなり、新産業のホームオフィスに変身している。

ここでは近隣の住民や仕事仲間を自宅に招いてのホームパーティーが盛ん。それがまた情報交換の場にもなっているのだ。

決定的なのは、道頓堀（どうとんぼり）プールを中核としたミナミの繁華街にも、大阪駅を囲むキタのオフィス街にも歩いて行ける便利さ。情報を電子機器で得る知識産業の就業者にこそ、肌で触れ合う人間感覚が必要なのだ、と台北から移住して来た王健中氏（金融コンサルタント）はいう。

心理学者で東京大学名誉教授の神原治朗氏は、「高齢者こそ都市に住むべきだ。すぐ近くに繁華街があり、隣近所と呼び合える知人がいる。そんな暮らしが高齢者の健康にもつながる」という。

◆都市生活評論家　東山実氏の話

シンガポール・香港・上海・北京・ソウル・東京・大阪が東洋七大都市だが、特に大阪船場が安くて便利。20世紀の高度成長期に日本政府が積み上げて来た用途規制と標準家族用小部屋住宅主義を突き破った結果、船場には安価で便利なホームオフィス街ができた。全国の都市にもよき先例といえる。

（一）

「やあ、久し振りですな、石田《いしだ》さん……」

広いロビーを真っ直《す》ぐ歩いて来た長身瘦軀《そうく》の男が、待合用のベンチに浅く腰掛けていた小柄な男に声を掛けた。

「石田さん」と呼ばれた小柄な男は、縁《ふち》なし眼鏡を光らせてしばし相手を凝視した末に、脅《おび》えたような表情で問い返した。

「山中《やまなか》……幸助《こうすけ》さんやねえ」

「そうだよ、山中ですよ、石田さん」

今、入って来た瘦身の男は、皺深《しわぶか》い顔を歪《ゆが》めて頷《うなず》いた。二〇一七年四月中旬、大阪市北《きた》区《く》のホテル一階ロビーでのことだ。

「久し振りやねえ、何年になるかな」

山中は、立ち上がった石田と握手を交わしながら囁《ささや》いた。

「この前、二〇一五年の加米《カメ》の会には石田さん、来なかったもんな、手紙はくれたけど」

「そう、あの時はどうにも都合がつかんかったから……」

石田はそういってから、昔を思い出すように呟《つぶや》いた。

「その前、二〇一二年の春の時は山中さん、あんたが来やへんだ」

「うん、ちょっと病気してたから……」

山中は、石田の顔を見詰めたままで応えた。

「そやから前に会《お》うたんはその前、二〇〇九年の秋やから八年振りや。あの時はあんたが青い背広に赤い衆議院議員のバッジ付けとったの、よう憶《おぼ》えてる。髪もお互いまだ黒かったよなあ」

山中は、そういいながら、互いの白髪を確かめ合うかのように石田の頭を見詰め、自らの頭髪を撫《な》でた。

「そうか、二〇〇九年秋から八年振りか。俺はまだ六十歳代に入ったばかりやったんやなあ」

石田光治《みつはる》は、昔を思い出してか、淋《さび》し気《げ》に笑った末、

「久し振りやから、ゆっくりお茶でも飲んで行こうか」

と視線を外して呟いた。午後五時を過ぎた時刻だが、敢《あ》えて食事に誘わなかったのに、石田の失望と思惑違いが窺《うかが》えた。

「そうしよう」

山中はそう応じ、先に立ってロビーの奥、人工滝の見えるガラス壁の前の椅子に向かった。その後を、石田は書類の詰まった鞄《かばん》を重そうにぶら下げて追った。

「御注文は、お決まりでしょうか」

二人が座るとすぐ、和服姿の店員が訊《たず》ねた。

「ふん、随分高くなったな、何もかも……」

とっくりセーターに替え上着の山中は、そう呟きながらメニューを睨《にら》み、やがて、

「日本茶と和菓子のセット」

といった。

「僕はコーヒー」

青い背広に赤いネクタイの石田は興味なさ気に応えた。

女店員が深々と頭を下げて去ると、二人は天井を見詰めて溜め息をつき、同じ呟きを漏らした。

「二〇〇九年から八年振りか……」

「あれは東京赤坂《あかさか》のホテルだったよね、貴方《あんた》の当選祝いでみんな集まったんや」

山中は石田の顔に視線を戻して呟いた。

「そうだよ、二〇〇九年八月末の選挙では小選挙区で圧勝、投票総数の六割以上獲《と》ったからね。二〇〇三年の時は比例復活だったけど。あの時はこれからずうっと当選すると思うたけどね。まさか民主党が三年四ヶ月後に粉々になるとは思わなんだよ」

「その〝まさか〟があるんやな、人生には……」

山中が微笑して呟いた。

「俺だってさ、二〇〇九年にはまだSS電機がパーソナルに吸収合併されるなんて思わへんだよ。三、四年前までは白モノ家電で中国に進出して調子よかったんだな、俺たちの聞いている範囲ではね」

「そらそうやろう。俺かてびっくりしたもんな」

石田は同意の表情を作って呟き、縁なし眼鏡を突き出した。

「けど、山中さんは偉いよ。SSの従業員をパーソナルに引き取らせるためにきっぱり身を引いて一労働者になったんやから……」

「まあね、元SS電機労働組合委員長としてはほっとけへんからね。会社に推《すす》められてなった御用組合の委員長とはいうてもなあ」

「あれは……」

石田がそんな短い言葉で訊ねた。

「委員長になったのは一九九一年四月、四十三歳の時や。その前の年に、関東へ行って支店長になるか、大阪にいて組合の役員になるかといわれてね。上の息子が中学受験を控えとったし、親父《おやじ》も病気やったから、単身赴任も面倒に思えてな、その前から従業員の問題には興味があったし……」

「なるほどなるほど、四十三歳、人生の転機やね。俺もその頃や、進歩派弁護士といわれだしたのは……」

石田光治は感じ入るように頷いて呟いた。

「辛苦《しんく》に遭逢《そうほう》するは一経《いっきょう》に起《はじま》るってわけやな」

「なんや、それ……」

山中幸助は怪訝《けげん》な表情で石田の横顔を見た。

「つい思い出したんだよ、文天祥《ぶんてんしょう》の詩を。いろいろ苦労するのは若い時に立てた志《こころざし》によって定まった運命や、という意味だよ」

石田光治が正面を見たままで答えたのに、山中幸助は薄く笑って頷いてから囁いた。

「石田さん、去年の選挙は惜しかったな……」

「いやあ、惜しいというとこまでもいかなんだが、これで諦《あきら》めるわけにはいかんよ」

石田光治は、そういって歯を見せて笑った。義歯らしい並びのよい白い歯だった。

八年前の二〇〇九年の衆議院選挙では、「改革の風」に乗って圧勝した進歩派弁護士の石田光治だが、二〇一二年の歳末選挙では「保守回帰の嵐」に吹き飛ばされて惨敗した。

しかし、大型予算と金融緩和政策で株高円安を招いた保守政権も、国民が期待したほどではなかった。

はじめの一年は評判も良かったが、二年目からは批判が続出する。円の対ドル相場が百二十円を超えた頃からは、輸入燃料の値上がりで電力料金やガソリン代が高騰、食料品も大幅に値上がりした。それに消費税の引き上げが加わり、「実感としては生活費が三年間で三割も上がった」といわれるようになった。

その一方、輸出は期待したほどには増えず、雇用も伸びなかった。

二〇一四年からは世界の景気が落ち込み、貿易量も伸び悩んだ。そんな中でも、人員整理や技術改革など「経済の伸び代《のびしろ》」の大きい新興国は安値輸出の攻勢をかけてきた。

これに対して多くの日本企業は、バラ撒《ま》き予算と消費税引き上げのたびに生じる駆け込み需要への対応に追われて国際市場でのシェアを大幅に落としてしまった。

二〇一五年も末になると「間もなく財政支出も息切れする」との観測から、設備投資の火が消えた。何よりも解雇に関する規制が厳しくなったので正規社員を増やす企業が少なく、多少の需要増にも残業や臨時雇用で対応するに留まった。

結果として日本の貿易収支はますます悪化、予想以上の円安が続き、物価の高騰や金利の上昇へと繋《つな》がった。

決定的だったのは二〇一六年秋の国債価格の暴落。金融機関は大打撃を受け、二〇一六年末には貸し渋り貸しはがしが酷《ひど》くなった。政府は信用保証協会の枠組みを五十兆円に拡《ひろ》げたが、ただ赤字企業を生かすだけで、かえって新規の起業を妨《さまた》げている。

要するに、復活自民党の活性化政策にもかかわらず、日本の「戦後体制」は変わっていなかったのである。

当然、政権与党の人気は下落、インフレ政策への批判が高まった。衆議院選挙の圧勝から二年を経ずして与党は勢いを失った。

この状況は、石田光治ら旧政権党の「進歩派」に有利にも見えた。石田もそれを期待して、昨二〇一六年八月の衆参同日選挙には衆議院議員に立候補した。

しかし、結果は次点の次で落選、比例復活もならなかった。この男が多年頼りにしてきた民間企業の労働組合は、人数が減り行動力を失っていた。与党の人気低下は、野党の人気上昇に繋がっていなかったのである。

「みなさんのお蔭《かげ》で自民党を過半数割れには追い込んだがね、自公連立の政権はまだ続いている」

石田光治は苛立《いらだ》たし気にいった。

「けどな、自と公の間は公共事業か福祉増額かでだいぶガタついてる。それに自民党の中かて規制改革や貿易交渉を巡って分裂気味や。以前は自公の一強に野党三党は三弱、一強三弱やったけど、今は自民の二派と公明も併せて六弱時代、日本の政界に明確な政策を推進できる強力政党なんかなくなったよ」

「確かに……、俺みたいな素人がみてもそう思うな」

山中幸助は呟いて、茶菓子の饅頭《まんじゆう》を尖《とが》った口に運んでから訊ねた。

「それで石田さん、もう一回やるのかね」

「うん……」

石田は平静さを装って頷いた。

「今度はね、二年後、二〇一九年の夏の参議院選挙に、全国区から出ようかと考えてるんや」

「ふーん、参議院全国区なあ……」

山中は啞然《あぜん》とした表情で訊ねた。

「参議院改革とやらでのうなるんと違《ちや》うか、比例代表制の全国区は……」

「いやいや、今の政局で参議院の大改革なんかでけるはずがない。むしろそんな妄言《もうげん》に惑わされて各党とも手を抜いとるからチャンスなんや」

石田は広い額に青筋を浮かべていった。話に熱が入ると額に青筋が浮かぶのは、四十六年前に大学四期生で共に海外旅行をした頃から石田の変わらぬ特徴である。

「今までの大阪の選挙区はもうあかん。工場も減ったし従業員も少のうなった。この頃は円安ウォン高で韓国の企業が日本の工場をどんどん買うとる」

「確かに相当なもんや。俺が前にいたSS電機の工場も韓国に買われた。優秀な技術者は韓国本社に移って、日本の工場は部品の下請けだけらしい」

山中は嘆くでもなく喜ぶでもない表情で応じた。

「そう、だから労働組合も力がない。何しろ今年は日本の製造業従業者数が八百万人を割りそうやからね。ピークやった一九九一年に比べたら半分以下や。その上、企業従業員の中で労働組合に入ってくれるのは一二％、これまた九一年の二四％の半分や……」

「ふーん、一九九一年ね。時代の変わり目やったなあ、俺が組合に行って、その直後に親父が死んで……」

山中幸助は天井を見詰めて呟いた。

（二）

「人の生涯には何度か重大な岐路がある。その時、どの路《みち》を選ぶか、三割は本人の決断、三割は周囲の状況、残りの四割は偶然の運で決まる」

山中幸助は、自らの七十年を振り返ってそんな風に考える。

山中は一九四七年十一月、大阪で生まれた。生家は古くからの繊維問屋、幸助の幼年期には大阪市内の問屋街丼池《どぶいけ》に間口六間《けん》奥行十八間もある店舗を構えていた。そこには布地や風呂敷《ふろしき》から婦人服、紳士服までが並んでおり、全国の衣料品店の店主や従業員が仕入れに来た。もちろん、カタログと見本を持って全国を回る御用聞きも何人か雇っていた。

建物は木造二階建てで上部の通り側が店の事務所、奥の方の四十坪ほどが一家の住まいだった。そこに祖父、祖母、両親、一つ年上の姉と一つ年下の妹そして三歳年下の弟の家族八人と住み込みのお手伝いさんの計九人が住んでいた。

もっとも山中幸助がここで暮らしたのは小学校六年生だった一九六〇年まで。この年に明治二十年（一八八七年）生まれの祖父が死んだのを契機としてか、一家は兵庫《ひょうご》県芦屋《あしや》の山の手に、当時としてはかなり豪華な一戸建て住宅を建てて移り住んだ。繊維問屋山中商会が最も栄えた時期だ。

やがて幸助は受験校に進学、進路指導教諭の言葉に従い、東京大学文科一類（法学部コース）を受験したが、結果は不合格、同時に受験して合格した関西《かんせい》学院大学に入学した。

「もしあの時、一年浪人して東大に再挑戦していたら、俺の人生はどうなっていただろうか」

山中幸助は、時々そんなことを考える。大学卒業前のカナダとアメリカの旅を共にした加藤清一《かとうせいいち》のようにキャリア官僚になっていたか、福島正男《ふくしままさお》と同じく銀行員になったか、あるいは研究者の道を歩んだか、いずれにしろ今の女房とは巡り会わず二人の息子も生まれていなかっただろう。そう考えると何だか妙な気分になることがある。

「山の尾根に落ちた雨滴が北側に流れるか南側に落ちるかで、太平洋に注ぐか日本海に行き着くかが分かれるような瞬間が、人生には何回かある」

あと半年で七十歳を迎える山中幸助は、そんなことを思う。

山中幸助の学生時代は楽しかった。学生運動には深く関わらなかったが、「歌声喫茶」にはよく通った。二十歳になると早々と運転免許を取り、中古のアメリカ車を買って女子大生とドライブを楽しんだ。一九七〇年の日本万国博覧会ではＳＳ電機館でアルバイトをし多少の英会話を学び、外国パビリオンのコンパニオンとも親しくなった。

もっとも万国博に熱中する余り、大学の方は一年留年することになったが、何ら悔いるところはなかった。山中が大学を卒業した一九七一年は大好況で、就職先は選《よ》り取り見取りだった。

山中は高校時代から、家業に繋がる繊維のメーカーか商社に就職するつもりだったが、新聞報道や学生仲間の評判を聞いて考えを変えた。

「繊維は斜陽や、これからは電機だよ。カラーテレビに冷蔵庫、この頃は自動車もみなエアコン付きや。電機は伸びるぞ」

それが学生たちの「世論」だった。

実際、その頃既に繊維は斜陽だった。特に大阪丼池の問屋街はさびれだしていた。

一九七〇年頃には、政府の唱える「流通近代化」でスーパーマーケットが急増、丼池に来る小売り店主の数は急減していた。その上、道路幅の狭いこの通りでは自動車の出入りが不便なため、大阪府では北部の箕面《みのお》市に問屋団地を設けて移住させる計画を進めていた。

そんなことが重なってか、その頃、五十歳代末になっていた山中の親父は、

「俺は会長に退《しりぞ》き、亀井《かめい》茂《しげる》君に経営の実権を譲りたい。店も丼池から箕面の問屋団地に

移そうと思う」

といい出した。「亀井茂君」というのは終戦直後からいる古参従業員、現在の職名は株式会社山中商会専務取締役だが、昔風にいえば番頭さんである。

「店をやってたら、店の借り入れに個人保証を付けさせられて、いずれは全部銀行に取られてしまう。今のうちに手を引いた方がええ」

と親父はいった。山中幸助が就職する前年の一九七〇年に「確《しつか》り者」といわれた祖母が死に、かなりの相続税を課されたことも、親父を弱気にしたのかも知れない。

いずれにしろ山中幸助の人生選択の中から「親父の店を継ぐ」コースはなくなった。だが、山中は失望しなかった。万国博でもアルバイトしたSS電機に就職できたし、実家は結構裕福だった。

半年ほどの研修期間の末に山中が配属されたのは営業本部協力店管理部の第三課。京都、奈良、滋賀《しが》、三重《みえ》の四府県の電機販売店を回り、経営指導や製品への意見を集める仕事だった。当時は赤と黄色のSS電機特約店の看板が、どこの商店街にもあったものだ。

山中幸助は入社してから六年、この部署にいた。イケメンで陽気で気前のよいSS電機の経営協力員は好評だった。電気店の店主にも女子従業員にもモテモテだったし、販売店もみな繁盛していた。

六年後の一九七七年六月、山中幸助は配属が変わった。同じ大阪本社の家電事業部の生産調整部第二課第三主任。六つ並ぶデスクの班長格、いわば「下士官」である。

山中の仕事は「白モノ家電」、つまり冷蔵庫、洗濯機、炊飯器などの販売台数と在庫商品を日々調査、生産や出荷の調整をすることだった。

「目下の課題は省エネルギー、省スペース、省力や。まず四年前の石油ショック以降、わが社の冷蔵庫の電力消費量は四割も減った。第二は日本列島改造論による地価高騰で日本の住宅は狭《せも》うなってる。部屋に無駄なく収まり、庫内のスペースを拡げる。わが社の最新型冷蔵庫は空間効率を二割改善した。そして省力、これが洗濯機や掃除機では重要や。夫婦共働きが増えるから男性が掃除や洗濯をできるような機械を考えんといかん」

山中幸助が新しい部署に就《つ》いた時、課長の吉川弘《きっかわひろし》はそんな話をした。

これに山中幸助は感動した。テレビやビデオに比べて進歩の余地が少ないと思っていた白モノ家電こそ、日本の社会改革の基本に思えて情熱が湧《わ》いた。

「冷蔵庫や洗濯機はもうあるわ」という主婦たちに、「省エネ省スペース省力の効果」を訴えるようにスーパーや代理店の販売員に説いた。同時に、製品開発研究所にも足繁く通って、より効率的な製品の開発を促《うなが》した。新製品が出るとすぐ、その機能と効率を憶えて宣伝して回った。

その間に、製品開発研究所の女子社員河西雅美《かさいまさみ》と親しくなり、やがて結婚をした。一九七八年十月、もうすぐ三十一歳になろうとする頃だ。

雅美の父親は地方公務員で郊外団地暮らしだったが、山中と同い年の兄は奈良の公立病院に勤める医者だった。河西家は教育熱心だったのだろう。

この時期、山中幸助に関わりのある出来事は、親父が繊維業界と関係を絶ち、箕面の店舗を閉じて山中商会を不動産所有会社に変えたことだ。後継者の亀井茂が営《いとな》んでいた繊維問屋の機能は中堅商社の「河綿《かわわた》」に吸収合併され、亀井茂は何年間か取締役箕面店長をしていたように思う。

親父はやがて、空き店舗となった古い木造建築を撤去、銀行から借金をして鉄筋四階建てのビルを建てた。一階には飲食店舗、二階以上は事務所や歯科医院の入る雑居ビルだ。

それでも山中家は十分裕福であり、親父は船場《せんば》の名士として社交クラブやゴルフ場に通っていた。姉と妹は結婚して子供をもうけていたし、三つ下の弟は東京の美術大学を出てデザイナーを目指していた。

山中幸助は、結婚と同時に千里《せんり》のマンションを借りて移り住んだ。いずれは親父の芦屋の家に住むつもりだったから借家にしたのだが、家賃は親父が支払ってくれた。

それだけに、共働きの若夫婦は豊かだった。幸助はトヨタのクラウンを、雅美はダイハツの軽四輪を持ち、毎月二人で宝塚《たからづか》や京都に遊んだ。

結婚後一年余りで長男の雅幸《まさゆき》が生まれると、妻の雅美は退職して専業主婦になったが、幸助の母も雅美の母も交互に訪れて子供の面倒を見てくれた。二年後に次男の幸次《こうじ》が生まれてもそれは変わらなかった。

一九八〇年代、大抵の団塊の世代がそうであったように、山中幸助一家は幸せだった。その頃の幸助を悩ましたのは山中の母と雅美の母の好みの違いぐらいだった。

山中の母親は魚料理を得意としたが、雅美の母親はハンバーグやカレーライスを孫に喰《く》わせたがった。山中の家では、芦屋のおばあちゃん用と高槻《たかつき》のおばあちゃん用の食器や鍋釜の類《たぐい》を揃《そろ》えていた。

「あの頃は、おじいちゃんおばあちゃんが孫を可愛《かわい》がった……」

間もなく七十歳を迎える山中幸助はそう思う。今、山中幸助にも三人の孫がいるが、顔を見るのは年に二、三回。長男も次男も夫婦共働きで幼少の孫たちは託児所に預け放しだ。

（三）

「一九九一年が最高だったかね、日本の製造業は……」

しばらくの間、天井を見上げて思い出にふけっていた山中幸助が、昔を懐かしむように呟いた。

「確かそうだよ。あの頃は千六百万人を超えていたんだ、製造業の従業者が」

石田光治は生真面目《きまじめ》に答えた。

「あの頃は家電や自動車が伸びてたからなあ」

山中は低く呻《うめ》いた。

山中幸助の人生が少しばかり揺らいだのは八八年、「円高不況」が叫ばれだしてからだ。

この時、ＳＳ電機でも「円高に備えて生産合理化を徹底する」ことになった。

「円の対ドルレートが二倍になっても当社製品のドル建て輸出価格は値上げしない」

その頃の社長はそう断言したが、同時に「わが社は人を尊ぶ。断じて人員整理はしない。人を尊ぶのは創業以来のＳＳ精神だ」

ともいい切った。その二つを同時解決する策として経営陣が持ち出したのは、

「合理化と新製品の開発で売り上げを伸ばす」

というものだ。

実際、ＳＳ電機では、生産の合理化のために工場の従業員を二割以上も減らしたが、そ

の大部分は工場毎《ごと》に新設した「生産営業部」に配属した。「消費者の声や販売店の意向を聞き取り、より早く生産現場に反映させる体制」とされたものだが、それを統括するのは本社営業本部、つまり山中幸助が配属された部署だった。

山中は毎週のように兵庫、大阪、滋賀、三重の工場を回った。どの工場にも倉庫を改造したような事務所があり、大勢の生産営業部員がいた。彼らの主な仕事はスーパーマーケットの派遣販売員になるか、代理店へ商品を輸送することぐらいだった。

要するに、この会社では、円高ドル安による輸出価格の引き下げ分を、国内の流通コストに付け替えたわけだ。もっとも、それによって国内販売価格を釣り上げたわけでもない。円高で輸入原材料が安くなった分を消費者に還元することなく掠《かす》め取ればかなりが補《おぎな》えた。

「日本製の電機製品やカメラが、日本国内で買うより香港《ホンコン》やロサンゼルスで買う方がずっと安い」という内外二重価格が出現したのはこのためだ。各企業はもちろん、当時の通商産業省やマスコミ各社も、「内外二重価格は日本独特の複雑な流通機構のせい」と主張していたが、その「複雑な流通機構」を作ったのはメーカー自身だった。山中幸助は、その司令部の「准士官」だったのである。

しかし、彼の下には生産営業部員からの不満が数多く寄せられた。

「スーパーに販売員で派遣されると、隣に並ぶ他社の派遣社員との激しい競争で疲れてしまう」

「販売成績を上げるために身銭を切って親類に買ってもらった」

などといったものだ。

こうした「現場の声」を上司の吉川弘に取り次いだ。家電営業部長になっていた吉川は、それを深刻な表情で聞き、熱心にメモしてくれたが、具体的な改善策は取られなかった……。

（四）

「一九九一年か……、時代が変わったね、あの頃から……」

再び天井を見詰めていた山中幸助が、独り言のように呟いた。ガラス壁の外は薄暗くなり、人工滝には黄色い照明が当たっている。

「昭和が終わって二年、冷戦構造が消えてソ連という国がなくなった。土地が無茶苦茶に上がって銀座《ぎんざ》も北新地《きたしんち》も満員やった……」

石田光治は冷め切ったコーヒーの残りを啜《すす》りながら続けた。

「あの年の夏にも加米の会をやったよなあ。加藤清一さんがフランスから帰って来たからというて、福島さんから連絡があったんや」

「よう憶えてるよ。福島さんや古田《ふるた》さんがアメリカに行ったり、加藤さんがフランスに行ったりで、六年余りもやってなかったのに、福島さんが集めてくれたんや。ところがそれが猛烈な議論の場になってなあ……」

山中は昔を懐かしむように微笑《ほほえ》んだ。

「そう、おかしかったよ」

と石田が哄笑《こうしょう》していった。

「土地持ちのあんたが地価上昇に反対で、社宅や公務員宿舎住まいの福島さんや加藤さんが『日本の繁栄の証《あかし》だ』とい張って……」

「そうやった、そうやった。俺たち団塊の世代はほんまに職場人間やからね。自分の資産より職場の立場を主張してしまうんやね」

山中は感慨深気に呟いてから、薄く笑って付け足した。

「加米の会の前に俺はもう組合の方に行っとったから」

「知ってるよ。あんたがうちの法律事務所に組合委員長として来たんはあの会のすぐあとや」

石田も嬉《うれ》しそうに頷いた。

「あれも、まさかの異変の一つやわ……」

そういった山中の顔は誇らし気でもあり、悲し気でもあった。


山中幸助の転機は突然にやって来た。その時、山中自身はそう思った。

一九九〇年十月の水曜日、いつもの工場回りから戻った山中は、小柄な初老の男に呼び止められた。山中には、それが誰かすぐ分かった。実物を見るのははじめてでも、社内報で写真はよく見ていたからだ。SS電機労働組合の委員長尼木和政《あまきかずまさ》である。

「山中さん、お願いがあるんで、ちょっとこっちへ寄ってくれませんか……」

尼木が小腰を屈《かが》めて山中を誘導したのは、本社ビルの裏手にある「SS電機労働組合本部」の部屋だった。ドアを開くと数人のカーキ色の作業服の男たちが座っていた。

「山中さん、あんたはみんなの評判がよい。いや頼りにされてるのです。だからこの際、組合の営業部委員になってくれませんかな」

尼木委員長は丁重に頭を下げ、居並ぶ者もそれに倣《なら》った。

SS電機労働組合は、労使協調路線に徹する企業内組合。賃上げやボーナス金額の交渉はするが、ストもデモもすることなく「世間並み」で収まるのが常だ。

政治的には日本社会党を支援していたが、特別な活動もしない。当時の中選挙区制度では、定員四人の中に社会党からも一人は必ず当選した。

そんな組合でも委員になるのはためらわれた。管理職から役員へという出世コースからは外れるように思えたからだ。

「とんでもない」と断る山中と、「是非とも」と請《こ》う尼木の短い押し問答の末、山中は、

「まあ、考えときます」

の一言で話を終えた。まだ真剣な話とも思っていなかったのだ。

ところが、中一日置いた金曜日、山中は上司の吉川部長に呼び出された。

「山中君、君は実によくやってくれている。今度は一つ、関東を頼みたい。SSグループの群馬《ぐんま》支店長はどうかね」

吉川は角張った顔を綻《ほころ》ばせて続けた。

「群馬には東京SS電機の工場もあるし、マーケットとしても成長市場だ。ここの支店長は本社課長並みだからね、まあ抜擢《ばってき》人事だ」

吉川はすらすらといったあとで付け加えた。

「もちろん社宅は用意してある。工場のある太田《おおた》市内の2LDKのマンションだがね」

その時、山中は「困った」と思った。再来年には長男の中学受験が控えていたし、七十

歳代後半になった親父の健康も気にかかる。単身赴任も厭《いや》だが、「抜擢人事」を断るのも気が引ける。そんな山中の困惑を見透かしたかのように吉川部長は続けた。

「労務担当の小川《おがわ》常務のお話では、労働組合の方も君が欲しいといってるらしいな。今の労使協調路線を堅持するには君のような評判のいい人に委員に入って欲しいというんだ」

「なるほど、少し考えさせて頂きます」

山中幸助は、ここでもそう応えたが、既に腹は決まっていた。一昨日尼木委員長から聞いた話が、既に小川常務を通じて上司の吉川部長に伝わっているのは、はじめから労使の間に話ができていたからだ。「群馬支店長への抜擢」というのは、断らせて組合に出すための策略に違いない。

「それならそれに乗るしかない」

と山中は決心した。一応は「考える」ことにして、土日の間に妻と親父にも相談したが、結論は変わらなかった。中でも親父は、

「うちには結構財産もあるさかいに、そないに無理して勤めんでもええ。丼池の土地だけでも十億円で売れる。SS電機の社長になっても退職金は一億か二億。大したことないがな」

と嘯《うそぶ》いたものだ。大正生まれの親父は、終身雇用に慣れた団塊の世代とは異なる価値観

を持っていたのである。

（五）

「そうか、山中さんは九〇年から組合やってたんか。九一年の加米の会では、地価急騰を批判してたもんな。これでは一般勤労者は一生働いても自宅が買えないというて」

石田光治が、また昔話を持ち出した。

「そうや、銀行が土地担保で無制限に融資するのが悪いというたら、三友《みつとも》銀行の福島正男さんが凄《すご》く怒ってな。銀行は、日本の土地にはそれだけの価値があるから資金を貸してるんや、SS電機かて群馬県で広大な土地買《こ》うて大工場建ててるやないか、と反論されたわ」

山中幸助は苦々し気にいったあとで、

「もし群馬支店長になってたら、俺も土地買いに走ってたかもね」

と苦笑いした。これに石田光治も苦笑を返した。

「それにしても厚生官僚の加藤清一さんまで地価上昇を礼讃《らいさん》したのは意外やった。土地取引が盛んになって国庫が潤《うるお》う。それで福祉を拡充したらみんなが幸せになるという論理やったね」

「そうや。あの頃は地価上昇賛成派が多かったよ。建設会社やってた上杉憲三《うえすぎけんぞう》さんは東京支社用のベンツで来てたし、高校教師の大久保春枝《おおくぼはるえ》さんまで『うちの横浜の家、三倍に値上がりしたのよ』と喜んでたよね」

山中幸助は皺深い顔を顰《しか》めて頷いてから、ぽつりといった。

「けど、みな糠悦《ぬかよろこ》びやった。うちなんか最大の被害者や。九一年の暮れに親父が死んだよってに、高い評価額で相続税がかかって、丼池の土地とビルを売り払《はろ》うても相続税が払い切れんで、俺の貯金まで取られてしもた。やっと残した芦屋の家も阪神大震災で半壊したし……」

「あれは気の毒やった。俺かて相談を受けたけど、どうにもならなんだ。何しろ一年余りで土地の値が半分になってしもたからな」

石田光治は表情を引き締めて続けた。

「まあ、お宅だけやない。上杉さんとこの建設会社も倒産したし、大久保さんみたいな学校の先生も高いローンを背負《しょい》い込んで苦労したよ。返済するのにあれから十八年かかった」

「あんたのいた『豊田《とよだ》法律事務所』は住宅ローンの駆け込み寺というので名を上げたんや

ったなあ」

山中幸助は苦い表情で囁いた末、もう一度天井を見上げて呟いた。

「バブル景気で儲けたのは、結局だれやったんかなあ……」

山中幸助の虚無的な呟きに、石田光治は電流が走ったように跳《は》ね上がり、座り直して、

「官僚だよ」

と叫んだ。

「土地を高《たこ》う売った者はみな別の土地を買うて損をした。それに資金を貸してた銀行も巨額の不良債権を背負い込んで大損をした。転換社債やら増資やらで資金を集めた企業も過剰設備を造って損をした。大久保さんみたいな地道なサラリーマンまで住宅ローンを背負い込んで苦労した。結局はみな大損をしてしもた……」

「そらそうに違いない。うちのSS電機が潰《つぶ》れたのも、遡《さかのぼ》ればバブルの時の過剰投資や」

山中は、投げやりに呟いたが、石田は黒い鞄から分厚いファイルを引き出して続けた。

「確かにみんな損をした。日本全体、日本人みんなが貧乏になった。けど、一つだけ損をせえへんかったのがおる。それが官僚や。土地の値上がりで法人税やら不動産所得税やらがボンボン入ったし、バブル景気で飲み歩く人も増えたから遊興飲食税まで増えた。だから、これを見ろよ。一九九一年度の国税収入は六十三兆円、二十年後の二〇一一年度は四

十三兆円。バブル景気で税金がどんどん入ってたんやね」

「ふーん……」

山中は石田の拡げたファイルを覗き見て呻《うめ》いた。まだまだ納得できない表情だ。

「去年、二〇一六年度の税収はやっと五十六兆円。バブルの頃には三%やった消費税が今は一〇%、物価も随分上がった。あの頃一リッター百円やったガソリンが今は二百二十円、百四十円やった新聞が二百二十円、そやのに国税収入は九二年度に戻ってない。あの頃、いかに官僚が潤っとったか、よう分かるやろ」

石田はそんなことをいいながら、黒赤二本の線で描かれたグラフを示した。石田や山中が大学を出た一九七一年度から二〇一六年度までの四十六年間の財政支出と国税収入を示したグラフだ。年と共に赤線の支出が伸び、黒線の税収との差が開いている。それでもただ一度、一九九〇年代はじめには両方が接近した時期がある。つまりバブル景気の時期だ。

「ほな何か。官僚が儲けるためにバブル景気を煽《あお》ってた、とでもいうのかいな」

山中幸助は、疑いの表情で石田光治を見た。

「いや個々の官僚個人のことやないよ、間違えんといてくれ。官僚機構の総意とでもいうもんや」

「ふーん、官僚機構の総意ね……」

山中は不可解な表情で呟いたが、石田は場違いなほど生真面目に続けた。

「ちょうど太平洋戦争中の軍人と同じや。個々の軍人は私利私欲もなく国のためと思うて働いたけど、軍の総意としては国民を搾《しぼ》り上げ徴兵を強めて、権力と予算を増していた」

「ほう、石田さん、えろう古いこと知ってるな、歴史雑誌でも読んでるかね」

山中は皮肉っぽい笑顔でいったが、石田は「それもあるけど」と呟いてから続けた。

「うちの親父は職業軍人でな、終戦の時には参謀本部に勤める少佐やった。終戦後は滋賀県の田舎で農業してたけど、一九七二年に死ぬまで『戦争中の軍人は忠誠一途、国のため民のために必死に働いた』というとった。そやから俺も本当に悪かったのはごく少数の上層部、大臣や大将だけが国を誤らせたんやと信じてたよ」

「ははあ、それで学生運動も熱心にやったんやな」

山中はニヤリと笑ったが、石田は苛立《いらだ》たし気に首を振った。

「学生運動は別や、ただの時代の風、世代の嵐や。俺が本当に組織の怖さに目覚めたのはバブルの後。いや細川《ほそかわ》内閣が潰れてからやな」

「なるほど、それで石田さんは政治の方に傾いたんやね。折角《せっかく》『豊田法律事務所』の次席になって繁盛してるのに、何でまた選挙に出るんやろと思うたけど……」

「いやあ、実は周囲はみな反対やった。女房も高校生やった息子も、同僚弁護士の宇喜田《うきた》君も蒲生《がもう》君も反対やった。賛成したのは中学生やった娘の初音《はつね》と後援会長をしてくれた小西《こにし》商事の会長、それにお宅の労働組合の前委員長の尼木さんの三人だけやった……」

石田は懐かしむように語った。これに山中は、

「ふーん、政治を志すのは大変やね。尼木さんは間もなく癌《がん》で亡くなったし、小西会長も選挙違反で逮捕されたし。石田さん、二回続けて落ちたもんなあ」

と呟いた。それに石田は熱っぽく返した。

「いやあ、小選挙区制は厳しいよ、それでも三回目の二〇〇三年には比例復活でやっと議員になれた。山中さん、あんたがSS電機労働組合をまとめてくれたお蔭《かげ》や」

「まだあの頃はSS電機労働組合も力があったからね。そのあとは韓国や中国の安値攻勢で会社も組合も防戦一方になってしもうた」

山中幸助は、凋《しぼ》んだ口元に冷やかな笑いを浮かべて呟いて、ガラス壁の方に視線を向けた。屋外はすっかり暗くなり、小雨が滴《したた》りだしている。

「そうやった。俺も気にはなってたけど、野党の新米議員では何にもでけへんかった……」

少し間を置いて石田光治は無理にも頬を歪めて囁いた。

「そらそうや。もともと何かしてもらおうと思うて選挙の応援してたわけではないからね」

山中幸助はそういったが、思い出話には熱が入った。

「俺が組合の委員長を辞めたのは二〇〇五年の秋。石田さんが落選した『郵政選挙』の直後やった。十五年振りに営業本部に戻ってみてびっくりしたね。SS電機特約店網なんてのはなくなってね、前は優良店やったとこもみな閉店、シャッター降ろして街中が寂《さび》れてしもてた。それでもまだ本社は余裕で、中国のホンハイと提携してどんどん技術者を送り込んでたね」

「それで中国があっという間に力を付けたんだよね」

石田はひと言口を挟《はさ》んだが、山中の無念の回想はなお続いた。

「あの頃、SS電機の実権を握っていた小川隆雄《たかお》専務はね、中国との提携は人減らしと安価部品の輸入の両方で役立つというてたけど、両方とも間違いやった。間もなく中国は力を付けて日本人はもう要《い》らんといいだしたし、量販店からはお宅の製品はパーソナルやスニーに比べて二割安やないと売れんといわれた。そこへあの世界金融危機……」

「ああ、リーマン・ショックね」

石田光治がそういい換えして続けた。

「確かにあれは酷《ひど》かったね。原因はアメリカにあったのに被害は日本が一番酷かった。あれで自由民主党の人気も急落、次の二〇〇九年の選挙ではわれわれが大勝したんだがね、われわれも日本の経済を守れなかった。勤労者の権利を守ろうとして解雇を制限し、低賃金の派遣を規制したんだけどね……」

視線を外して呟いた石田の言葉に、山中は骨張った背を丸めて低く苦々しく囁いた。

「率直にいわして頂くとね、石田さん。それが余計やったんですよ、その解雇の制限とか派遣の規制というのが……」

「そらまたどうして……」

進歩派弁護士の石田光治は驚きの表情で古い友人の顔を見た。

「詳しくはいわんけどね、実際の現場はもっと深刻だったんですよ」

山中は、そういって八年前に思いを巡らせた。

（六）

「SS電機、パーソナルが吸収合併か」

そんな見出しが新聞に出るようになると、社内の雰囲気は一気に変わった。先週までは

「給与を半分にして経営再建に当たろう」といっていた部課長クラスも、合併後のポストを気にしだした。従業員の中からも再就職先のある優良社員が抜けだした。労働組合幹部を頼ってくるのは多くが中高年、永年勤続者といえば聞こえがよいが、他に就職口のない人々が多かった。

「会社とは、組織とは、こんなに脆《もろ》いものか」と山中幸助は思った。既に六十二歳の再雇用者だった山中は、真っ先に希望退職願いを出すつもりだったが、常勤顧問になっていた元の上司吉川弘からは別の注文がきた。

「君も前委員長としてみなの説得に当たってくれ。現役従業員は今の委員長広池善郎《ひろいけよしお》君が説得するが、退職者の企業年金の引き下げは君でないと了解が取れない」

というのだ。企業年金の支給額を大幅にカットするには、年金受給資格者の過半数の合意が必要である。

「これが上手《うま》くいかんとパーソナルとの合併もおジャンになる。企業年金の積立金もすぐに尽きてしまう。先輩も現役もみな路頭に迷うことになりかねない」

吉川弘はそう口説いた上で、付け加えた。

「その代わり俺は、パーソナルに頼んで下請け仕事をする会社を創る。どうにも再就職口のない者の受け皿や。俺はそこで三年間無給で働く。君も来てくれ、みんなを鎮《しず》めるにはそんなことも必要なんや」

「なるほど、最後のご奉公というやつですな」

山中はそういった。二〇〇九年暮れ、政界では石田光治らの民主党が、

「コンクリートから人へ」

のスローガンで、人材派遣の規制や最低賃金の引き上げを議論していた時期だ。

それから一年後、SS電機はパーソナルに吸収合併されたが、従業員の七割に当たる希望者は、ほぼ全員がパーソナルに入社した。そして、吉川弘常勤顧問の企《くわだ》てたパーソナルの下請会社も発足した。パーソナルの製品を各地の量販店やスーパーに運ぶ運送会社だった。

率先して下請会社の従業員になった山中は、急いで中型免許を取り中型トラックの運転もした。

「灰色の作業服を着て中型トラックの運転台に座った時、『ああ俺も本物の労働者になったんやなあ』と思ったね」

山中幸助は、思い出話の最後をそう締め括《くく》った。

「うーん、二〇一〇年の暮れか。東日本大震災の直前やなあ」

石田光治は感慨深気に呟いた。

「あの頃から民主党もおかしなって。沖縄の基地問題でアメリカの信頼を失《うしの》うて、漁船の衝突で中国とも摩擦を起こして、結局は官僚のいいなりに増税と規制強化に走ってしもたんや。俺たちは官僚のいいなりに反対したけど、それでまた党内分裂。東日本大震災で原発事故がなかっても総崩れやったなあ……」

「いや、誰がやっても上手くいかなかったと思うよ、あれからの時代は……」

山中は、少し間を置いて呟いた。

「東日本大震災から六年、東北の復興も日本経済の回復もなかなか進まんがな」

「なんでやと思う……」

石田が身を捻《よ》じらせて叫んだ。これこそこの男がいいたかった本題らしい。

「うーん、まあ、時代の流れやね。まず第一に国際情勢。中国の成長率も半分になったし、ヨーロッパ経済も大混乱や。アメリカはシェールガスが出るから国外のことには関わらんようになった。日本はほんまにアジアの片田舎になってしもたんやな」

山中の思い付きを、石田は丹念にノートにメモった。そこには既に何十人もの人々からの意見が書き連ねられている。

「第二は製造業があかんようになったことや。繊維からはじまって造船、電機、光学機器に自動車、各時代に日本を支えた産業が次々と潰れてる。もう製造業はどこでやっても同じ、労賃とインフラの安い国へ移るんやね」

「なるほど、労賃とインフラね。日本はインフラが高いからな、安全第一で金かけるから電力料金も高速道路料金も鉄道運賃も断然高いよね、アジア諸国に比べて」

山中は石田の言葉を無視して先に進んだ。

「それに技術もあかんね、日本は。官僚の規制で国内市場でしか通用せんもんばっかり造ってるからねぇ。俺がいた電機業界もそうやったけど、長男の勤めている製薬会社もそうや。日本の医療保険に認められたらええというだけらしい」

「こんだけ高齢化が進んで医療費が増えて、医療のマーケットが大きくなったのに、何で技術が進まんのかね。高度医療はアメリカよりずっと遅れてるし、美容整形は韓国に敵《かな》わんし、気功や鍼灸《しんきゆう》は中国より値が高いし……」

石田は情けなさそうに呻いた。

「そらねえ石田さん、政府がお金を出しすぎるからだよ。今の制度では医療にコスト引き下げのインセンティブが働かんし、高度技術は儲からない。やたらに病院が満員になるばっかりや」

「うん、生活保護者の医療無料化は問題やね、生活保護者は今や四百万人、十年前の二倍になり、通院数は三倍になってるからな」

石田はノートを繰りながら呟いた。

「そうだろう。うちの家内の兄貴は医者でな、俺と同い年やけど病院勤めを辞めてからは賃貸チェーン医院をやっててね、毎日五十人くらい生活保護者と高齢者が来るらしい。睡眠薬と精神安定剤と貼り薬がうんと出るそうや」

「確かにそれは問題やけどねえ、医師がちゃんと診断せんといかんよね」

石田が苦々しく呟いた。

「そら無理や。眠れんという人にあんたには睡眠薬出せませんといえるかな。そんなんしたら人権無視でマスコミに叩《たた》かれる。義兄の属している医療チェーンは加盟三千医院。建物も機器も貸してくれて、睡眠薬や安定剤をドサッと仕入れてバサッと置いて行くそうな。健康保険が払《はろ》うてくれるからケチらんと出しなさいと指示しとるんや」

山中は皮肉な微笑を浮かべていってから、座り直して声を高めた。

「要するに、日本の社会が敗戦情況なんや。家庭も地域も職場も、社会が崩れてしもたから、見栄も辛抱もなくなったんやな……」

「なるほど、見栄と辛抱か……」

石田光治は、言葉を噛《か》みしめるように繰り返した。そしてやや間を置いて縁なし眼鏡を突き出していった。

「われわれの若い頃にはあったよねえ、その見栄と辛抱が。それをどうして、いつ、誰がなくしたのかねえ、この日本から……」

「それも……、実はわれわれやと思うよ」

山中幸助は無愛想に応えた。これに対して石田は、

「何、われわれ」

という素頓狂《すっとんきょう》な叫びを上げた。

「そう、われわれ、団塊の世代だよ」

と山中幸助は厳しい表情で応えた。そして間もなく七十歳を迎えようとする二人の高齢者は数秒間睨《にら》み合い、やがて微笑み、三十秒後には声を立てて笑った……。

（七）

「ああ、久し振りで長話になったな……」

山中幸助が腕を大きく回して腕時計を見てから呟いた。老いに緩んだ腕にはかつての豊かな暮らしを偲《しの》ばす金色の高級時計が光っていた。

「もう八時や、久し振りやからラーメンでも食べて行こうか」

山中は笑顔で誘った。このホテルに数多い高級レストランではなく「ラーメン」に限ったのは、自分の、そして落選議員石田光治の懐《ふところ》具合を慮《おもんぱか》ってのことだろう。だが、石田は、

「いやいや……」

と首を振った。

「俺は今から東京へ行く。東京行きの新幹線の最終も去年から三十分早《はよ》うなって八時五十分や。日本が貧しくなったから夜遅くまで乗るお客がおらんのやね、この頃は……」

「ああ、そうか」

と山中は頷いてから付け足した。

「そういえば『のぞみ』も十二輛編成に縮めたんやね、今年から……」

「そう。人口の減少で乗り手が減ったんだ」

石田は分厚いノートを黒い鞄に押し込みながらいった。

「思い出すね、新幹線が十六輛に伸びたのは日本万国博覧会からやね」

山中は立ち上がりながら呟いた。そしてちょっと間を置いて続けた。

「それがまた十二輛に戻ったということは、日本が万国博以前に戻ったということかな」

「いえてる」

石田は山中の方に視線を上げていった。

「労働適齢人口が減って、貿易も赤字になってしもた。ただ当時は若者の多い下膨《しもぶく》れ、一輪挿《ざ》しの花瓶みたいな人口構造やったけど、今は上拡がりの徳利《とっくり》や。俺たち団塊の世代が七十歳前後に塊《かたま》ってるからね、万国博の頃の逆様やわ」

石田はもう一度ファイルを出そうとしたが山中は手を振って、

「そらもうよう知ってるよ」

と止めた。そして顔を小柄な石田の耳元に寄せて訊ねた。

「それで石田さん、あんたが次の参議院全国区に出るのは何が公約かね、何かこれ一発の秘策でもあるかな」

「それは……」

石田は白く広い顔に青筋を浮かべて応えた。

「老人福祉、いや団塊の世代の年金確保、これ一つに全力を上げたいんだ。団塊の世代六百万人余り。ここ四年間の物価上昇で年金の実質価値は大幅低下や。それを戻す、生活実感に合った年金の引き上げを実現する」

石田は立ち上がって、長身の山中を見詰めていった。

「政党派閥にかかわらず、この一点で政治勢力を結集したいんだ。若い奴らは俺たち団塊の世代を『年金喰《く》い逃げ』なんていう。今の高齢者は支払った以上の年金を受け取っている。俺の息子も経済学の博士でも未《いま》だに定職がないからか、そんなことを書きまくって喰い繋いどるけど、大間違いや。俺たちはよく働いた。若い頃には長時間残業して経済を成長させた。道路や飛行場を造り、住宅を建て、産業を伸ばした。息子たちの世代は教育と住宅とインフラを親からタダで、俺たち団塊の世代からもらったようなものや。それならこれからは少々年金負担が重くても出すべきや。親を子が養《やしな》う、有史以来の美徳が個人や家庭でできないのなら、国が、いや社会がやるべきや。それを俺は訴えたいんだよ、養老育児の美徳を社会化せんといかん……」

石田光治は、時間の経《た》つのを気にしながらも、たった一人の聴衆を相手に熱弁を振《ふる》った。だが、山中幸助は、

「ちょっと違うな、俺の考えとは……」

といって小さく首を振った。

「俺たちは、個人的にも社会的にも次の世代の世話にはなりたくない。年金の価値が減っても別に困らへんよ。みんなが貧しくなるんなら怖くないもの」

山中幸助は立ち上がった石田を笑顔で見下ろして続けた。

「考えてみてよ。年金が減ったとか物価の割に給与は上がらんとかいうけど、まだ一九七〇年、万国博の年よりはずっと上だよ。あの頃、万国博の頃に俺たちは貧しかったか、生活に困ってたか。いやあ、十分におもしろかったよ。あの頃ウチは金持ちの方やったけど、それでもおばあさんと両親と兄弟四人が一つ屋根の下に住んで、エアコンがあったのは居間だけ、カラーテレビは二台、自動車は一台。みんながその程度で満足してた。いや今でも満足できるんや」

山中はそういった末に、石田の目を見詰めてひと言加えた。

「ほんまに怖いのは自分だけが貧しくなることや。年金の水準が下がっても、年金プラス十万円の月収があったら、十分に満足できるよ」

「ふーん、そうかなあ……」

石田光治は、歩みかけた足を止めて唸《うな》った。これまで何十人もに「高齢者年金の実質価値確保」の政策を訴えてきたが、山中幸助のような反論には出遭わなかった。

「ふーん、みんなが貧しくなるのは怖くないかね、問題はやっぱり格差かねえ」

石田は、首を傾《かし》げて訊ねた。

「それも違うな、俺の実感とは……」

山中は首を振った。

「格差なんか是正したらあかんよ。豊かな人を貧しくしても、貧しい者は豊かにならない、みんな貧しくなるだけや。俺がいいたいのはちょっとの収入が得られる働き場所や。月十万円でええ。夫婦のどっちか一人でええ。月十万円稼げる仕事が高齢者にもあったらええ。要は高齢者に適した働くシステムを築くことや」

「ふーん、月に十万円もらえる職場か、年金引き上げよりも高齢者が働ける仕組みか……」

石田光治は黒い鞄をぶら下げたまま、硬直したように立ち止まった。そんな石田に、少し間を置いて山中が声をかけた。

「石田さん、東京へ行くんなら新大阪まで送るよ、俺の車で……」

「いや……、それはありがたい。山中さん、車で来てるんか……」

石田は、われに返ったように笑顔を作った。

「そう、自分の車、といえば聞こえはええけど……」

山中幸助はニヤリとした。

「実は俺、去年から個人タクシーをやっとるんや。月に十三日、一日八、九時間働いて月収十万円。客待ちばっかり長いけど、何とかそれぐらいは稼げる。SS電機が潰れて運送会社にいって、二種免許も取っといたのがよかったんやなあ……」

山中はそういって、学生時代を思わすようなおどけた仕草《しぐさ》を見せて続けた。

「人生何が幸いするか分からん。ＳＳ電機がずっと続いてたらあと二年、六十五歳まで定年延長してもろて終わり。やっぱり年金引き上げ運動で走っとったかもね」

「いや、御意見ありがとう。新大阪まで送ってもらえるとは嬉《うれ》しいよ。ここの代金は俺が払っとくからね」

石田光治は、そんなことをいってから苦い笑顔でいった。

「今の山中さんの御意見を参考にして、明日からまたいろんな人の意見を聞いて回るよ。こっちの政策を訴えるんやなしに向こうの意見を聞く方になるよ」

第三話

孫に会いたい！――二〇二〇年

2020

2020年4月15日　水曜日　毎朝新聞

東京五輪まであと百日

しぼむ！スポーツ熱 燃える！お祭り気分

東京オリンピック・パラリンピックの開会まであと百日—会場建設や周辺地域の整備は進んでいるが、スポーツ熱は盛り上がらない。人口の高齢化が進み、スポーツをする人口も観る人の数も減少の一途をたどっている。

プロ野球は昨年から八チーム一リーグになった。年間観客数は年々減少し、延べ千三百万人余。ピークだった二〇〇四年に比べて五割減になった（日本野球機構データより）。ファンの高齢化のほか、米大リーグの即時中継がネットで観られる影響も大きい。

この背景には「野球をする人口」の激減がある。昨年の「夏の甲子園」を目指す「全国高校野球選手権」の地方予選の出場数は二千八百十二校、ピークだった〇三年より三割以上減っている。少子化で高校が減少した上、生徒が厳しい練習を嫌う風潮もある。

サッカーの状況はさらに厳しい。ピーク時には四十チームを数えたJリーグも今年は二十四チーム。人口の高齢化に加え、地方の過疎化でチーム経営が年々厳しくなっている。ここでも有力選手の海外流出が著しく、欧米や南米でプレーする日本人の選手は百人を越える。

競技年齢の高いゴルフ人口もこの五年間で激減、全国のゴルフ場数は八百を割った。最盛期の〇二年に比べれば四割減だ。

特に減少著しいのはスキー。昨年は、有名スキー場の閉鎖が相次いだ。これには競技人口の減少に加え、気候温暖化の影響で良好な積雪状態の日が減ったことも関係している。

オリンピック選手団の編成も変わった。日本オリンピック委員会も「純血主義」を放棄、外国人選手に日本国籍取得を勧めて日本代表として出場させる方針に転じた。特に陸上競技では長距離にケニア、短距離にジャマイカ出身者がノミネートされている。サッカーの日本代表チームにも南米やアフリカ出身の選手が加わっている。

スポーツ評論家　東松謙三氏の話

前回一九六四年の東京オリンピックではスポーツ根性（スポ根）が謳われたが、今回は華やかなプロ選手の妙技を楽しむ大会。世界各国とも出身地にかかわらず有力選手を集めている。日本人も出身地にこだわらず日の丸を付けて出場する選手を応援して欲しい。それが新しいオリンピックのフランチャイズ理念だ。

（一）

「おばあちゃん、上杉憲三《うえすぎけんぞう》って知ってるか」

背中で、夫の大久保彦三《おおくぼひこぞう》の尖《とが》った声がした。二〇二〇年四月末の水曜日、午前十時前のことだ。

「なーに……」

春枝《はるえ》は椅子の上で尻を廻《まわ》して身体ごと振り向き、夫の顔を見た。前頭部は僅《わず》かな髪を残すだけとなった夫彦三の額には不快気《げ》な縦皺《たてじわ》が漂っている。

「ははあ、この人、嫉妬《しっと》している……」

春枝はそんな思いで、ほんのりとした歓《よろこ》びを感じた。

「どれどれ……」

春枝は短い手を伸ばして夫の差し出す絵葉書を摑《つか》み取った。表面には泡立つ海に赤茶けた夕日が沈むような図柄の写真があり、裏面の上段には「横浜《よこはま》市緑《みどり》区」の住所と「斉藤《さいとう》」という春枝の旧姓、それに慌てて括弧《かっこ》を付けて訂正した格好で「大久保春枝様」という宛名がある。下の欄には、

「一包のパン、一日三度二枚ずつ、卵と青菜と孫たちと」

という和歌らしい文字が書いてある。今時珍しいペン書きの達筆だ。

「ああ、新潟県《にいがた》の上杉憲三さんね、前から続いてる加米《カメ》の会の人よ、去年の秋にも開いた」

春枝は皮膚の緩んだ指で、差出人住所を指していった。

「ああ、石田《いしだ》という落選参議院議員が来た会か」

彦三が蔑《さげす》んだようにいったのに、春枝は反撥《はんぱつ》した。

「落選でも参議院議員の比例区で次点よ、六年間に同じ党から辞める人が出たら返り咲きよ」

「はは、夢と希望だな、いつまでも……」

彦三は皮肉っぽく呟《つぶや》いて向かい側の椅子に腰を下ろした。

「わが街は点々と空き地、わが家は広々と空き部屋、日本海の夕日でも御覧に来て下さい」

春枝は、和歌の後に書き添えられた文章を声に出して読んで、

「親切な招待状だわよ」

と笑顔でいった。

「どれどれ……」

彦三は、老眼鏡を掛け直して、春枝の方に手を伸ばして絵葉書を摑み取り、繰り返して文字を読み、表に返して絵柄をじっくりと見て、やがて呟いた。

「何だ、これは……、パンと卵か……」

「何、パンと卵……」

春枝は小さく叫んで絵葉書を奪い返し、表の絵柄をしみじみと見た。

よく見ると、確かに夕日と思えたのは目玉焼きの黄身、波立った海に見えたのは食パンの上に拡《ひろ》げた白身、そして沖合いの島影に思えたのは少し離れて置いた青菜のピンボケだ。短歌に詠んだパンと卵と青菜とを接近して撮影、意外な映像を作っている。

「上杉さんらしいわよ、写真といい文言《もんごん》といい。若い頃から洒落《しゃれ》た人だったのよ」

春枝は古い友人のことを誇らし気にいった。脳裡《のうり》には五十年前、一九七一年三月のカナダ・アメリカ旅行を共にした時の颯爽《さっそう》としたスポーツ刈りの青年の姿形が甦《よみがえ》っていた。

「ふーん、でも、これは相当に淋《さび》しい話だな。空き地だらけになった過疎の地方都市に空き部屋の並ぶ田舎家、それにパンと卵と青菜だけの食事……」

彦三は、老眼鏡の上から妻の顔を睨《にら》んで皮肉っぽくいった。そんな夫の顔を春枝は見詰めながら、ゆっくりと言葉を返した。

「でも……、孫たちと一緒よ……」

春枝のひと言に、夫の大久保彦三の小肥《こぶと》りの赤ら顔が空気が抜けたように凋《しぼ》み、老眼鏡の上から覗《のぞ》いていた目線がレンズの下に沈んでいった。

孫たちに会えぬことこそ、彦三・春枝夫婦の目下の最大の悩みなのだ。

「いやあ、今度のゴールデン・ウィークには、和久《かずひさ》も翔太《しょうた》を連れて来るよ、三日ぐらいは泊めてやろうよ、ここに……」

大久保彦三は、しばらく間を置いて声高《こわだか》にいった。和久というのはこの夫婦の一人息子、今年三十八歳になる原子力工学の研究者だ。八年ほど前に「パーティーで知り合った」という貴美《たかみ》と「できちゃった婚」をした。そしてその二人の間に生まれたのが七歳になった一人っ児《こ》の翔太だ。この四月には小学校二年生になったはずだが、しばらく実物は見ていない。老夫婦が見るのは、二ヶ月ほど前に送信されたアイフォーンの映像だけだ。

「そうかしら……」

春枝は、疑わし気《げ》に半白の頭を傾げた。

「正月は来なかったじゃないの、和久も翔太も……」

「そりゃあ、正月には家族でシンガポールに行ってたんだから、無理もないよ」

彦三は、褐色に光る頭を振りながら息子のために弁解した。

「和久も貴美さんも勤めがあって忙しいんだから、海外旅行なんて盆か正月しかできないんだよ」

「でも、正月三日には帰ってたというじゃないの、一日ぐらいはウチに来てもいいのに」

春枝は、なおも不満を漏らした。

「そりゃあそうだけど、疲れてたんだろうよ、海外旅行で。二、三日は休みたかったのさ」

彦三はそういったあとで、

「俺たちもそうだったじゃないか」

と付け加えた。だが、それが春枝の不満を過熱させた。

「私たちは違うわよ。盆と正月には必ず栃木《とちぎ》に行ったわよ、あなたの御両親に会いに。咲《さき》世《よ》と和久を連れて。物凄《ものすご》い渋滞でもよ」

「ほんとにあの頃は凄かったね、東北自動車道が混んで。車の中にトイレ袋を積んだこともあったよな……」

彦三は、春枝の怒りを外そうとして昔話をしたが、春枝は乗らない。

「正月だけじゃないでしょ、秋の連休にも翔太は来なかったわよ、和久が一時間ほど立ち寄ったただけで、貴美さんは全然じゃない、この二年間……」

「そりゃそうだ。あの時も仕事抱えてるっていってたろ、新しい原子力発電所のコンサルタントに関わってるって。翔太の３Ｄアイパッド受け取るとすぐ帰っちゃったよな」

流石《さすが》に、最後の部分には彦三も口惜《くや》し気に唇を嚙《か》んだが、春枝の不満は続いた。

「去年のお盆の時だってそうじゃない。せっかく夕飯も寝室も用意してたのに、貴美さんはお茶も飲まないで出ちゃったでしょ、ズーランドに行くとかなんとかいって」

「そりゃあね……」

彦三は、何とか息子夫婦のために弁解しようとしたが、こみ上げてくる怒りを抑えかねて言葉を変えた。

「確かに和久も貴美さんも、年がら年中忙しい忙しいではな。翔太にだってまともな家庭料理を食べさせてないらしい。外食のスパゲッティとか配達弁当とかには、とうもろこし油をじゃんじゃん使ってるからね」

「そうよ、だから翔太も太り過ぎちゃったのよ、母親似ばっかりじゃないわよ」

春枝は、夫がようやく話を合わせだしたのにますます勢いづいた。

「私なんか学校に勤めながら二人の子供を確《しっか》りと育てて、栃木にも年に三回ぐらい行ったわよ」

そういったあとで春枝は、古い不満をもぶちまけた。

「あなたは全然子育ても家事もしなかったけど」

「確かに……、俺たち団塊の世代はまだ、男がそれほど家事も子育てもしなかったなあ、共働きでも……」

彦三はそういって赤茶けた後頭部を掻《か》いた。その仕草《しぐさ》に、春枝は何となく優越感を持ち、目を部屋の周囲に遊ばせた。

二十五畳の広いリビングには人工皮革貼りの黒いソファーセットと四十五インチの４Ｋテレビ、六人分の椅子の付いた食卓セットが並んでいる。すべて和久夫婦が孫二人を作って一緒に暮らすことを想定して揃《そろ》えたものだ。

使われていないのは、応接セットや食卓の六脚の椅子の中の四脚だけではない。広い居間の入口脇に置いた春枝の学習机も、応接間に据えた彦三のデスクも、今では使うことが滅多にない。

春枝が高校教師を退職したのは十年前の二〇一〇年三月、六十一歳の時だ。

彦三が横浜市役所を退職したのも同時だが、こちらはなお四年間、市民コミュニティー・センターの参与を再雇用で務めた。

夫婦併《あわ》せた退職金は六千万円以上もあり、月々の年金は五十万円近い。

「夫婦で真面目に勤めたお蔭《かげ》で『金持ち、家持ち、時間持ち』になれた」

というのが、この夫婦の偽らざる心境である。

それでも二人は満足してはいない。娘と息子、そして孫が来ないのである。

（二）

旧姓斉藤、今の大久保春枝は、一九四八年六月、東京都豊島区《としまく》で生まれた。文京区《ぶんきょうく》との境に近い、目白台《めじろだい》を下った辺《あた》りだ。

春枝の父は長野県生まれで電力会社のサラリーマン、母は東京生まれの専業主婦。二つ年上の兄と一つ年下の妹がいた。春枝には祖父や祖母の記憶はほとんどない。僅《わず》かに六歳か七歳の時、母方の祖母の葬儀があったのを憶《おぼ》えている程度である。

一九五〇年代、春枝が幼少だった頃の斉藤一家は、路地の奥の木造二階建ての家に住んでいた。一階は玄関と台所と六畳と三畳の板の間、二階には六畳と四畳の二間。便所は汲み取り式で春枝の少女時代には月に二回ぐらいバキュームカーが来た。風呂《ふろ》はなく銭湯通い、それが当時は普通だった。

生活は楽ではなかったが、両親は教育熱心で、兄は一年浪人した末に一九六六年、早稲《わせ》田《だ》大学の政治経済学部に入った。池田勇人《いけだはやと》、佐藤栄作《さとうえいさく》ら官僚出身の総理大臣に対して、石田博英《ひろひで》や河野一郎《こうのいちろう》ら早稲田大学出身の「党人派政治家」が挑戦していた時代だ。

春枝の兄斉藤利一《としかず》も政治家を志してか、一時は早大雄弁会《ゆうべんかい》にも入っていたが、結局は広告代理店に入社して平凡なサラリーマンになった。

春枝の父母は、兄利一の学費に出費が嵩《かさ》むのを理由に、春枝には都立高校を卒業すると就職するように勧めたが、春枝は敢えて四年制の女子大学に進んだ。高校での成績が上位に入っていたからだ。

一歳年下の妹の秋代《あきよ》は、両親の言に従って高卒で就職した。そしてその秋代が、電気工事会社の社員と結婚、両親が一九八〇年代に死去するまでその面倒を見た。今の春枝には、古い自宅で娘夫婦と孫二人と共に生涯を終えられた両親が幸せだったように思える。

一九八八年、母が死去した時、春枝は豊島区の居宅と亡父の残した僅かな資産を、両親の老後の面倒を見た妹の秋代に譲るよう主張したが、兄の利一とその妻築子《つきこ》は「長男の分け前」を要求して少し揉《も》めた。それ以来、春枝は兄夫婦とは付き合っていない。

妹の秋代夫婦とは、九〇年代末まで年に何回か往来していたが、二一世紀になってからは年賀状程度になった。斉藤家の三兄妹が顔を合わせたのは、父の二十三回忌と母の十七回忌を兼ねた二〇〇四年の法要が最後だったろうか。

一九六七年、東京の四年制女子大学に入学した斉藤春枝には二人の「親友」ができた。高山益代《たかやますよ》と筒井《つつい》順子《じゅんこ》だ。二人は国文科で、高山益代の誘いで学生運動にも参加、筒井順子に付き合って奈良や京都の寺閣廻りもした。

百五十三センチ五十キロの斉藤春枝の学生時代は平凡だった。誘われるままに学生運動に参加し、「歌声喫茶」で輪になって声を張り上げ、水曜と金曜の夜は中学生の家庭教師に通い、夏休みには催し物ガイドもした。

一九六九年春、女子大でも学生運動は泡のように消え、本気で人生を選ぶ時が来た。

当時はまだ、女子大生の中には職業に就《つ》かず専《もっぱ》ら花嫁修業に励む者も少なくなかった。高山益代はその道を選んだ。長身で美貌の益代は男友達も多かったから、すぐにも結婚するのではないか、と噂《うわさ》されたものだ。

筒井順子はテレビ局か新聞社を希望していたが、結局は雑誌社に就職が決まった。

春枝の希望は教師だった。本来の希望は東京都の高校教師だったが、その年は東京都の教員募集数が少なく、競争率はべら棒に高かった。団塊の世代の入学で大量に採用した教員が多い一方、生徒の方は団塊の世代と団塊ジュニア世代の谷間で少なかったからだ。

公立学校の教員は絶対的な終身雇用だから、各時代の出生数の増減によって教員採用数も激しく増減する。生徒急増期には採用数は激増、資格や適性の疑わしい者まで採用になるが、次にはその時期の採用者が支えとなって新卒採用は僅少になる。斉藤春枝は、運悪く「谷間の世代」に当たったのである。

それでも、神奈川《かながわ》県や埼玉《さいたま》県ではかなりの募集があった。一九六〇年代末から七〇年代はじめ、人口が急増していた首都圏周辺部では、中学も高校も大増設されていたのだ。

結局、斉藤春枝は、神奈川県の高校教師に採用され、七一年四月からは川崎《かわさき》市の高等学校で国語を教えることになった。春枝は歓び勇み、早々と「高校国語」の教科書を読んだ。「卒業前の海外旅行」に誘われたのは、そんな時期だ。

「ねえ春枝、『カナダ・アメリカ十五日間の旅・学生割引』、これ行かない」

そう誘ったのは高山益代、山の手育ちの会社役員の娘だ。

「順子も行くって……」

益代は親友の名も挙げた。それに春枝は断れないものを感じた。

その晩、帰宅した斉藤春枝は、海外旅行に誘われた話を両親にしたところ、父親は即座に「行って来い」といって二十万円の「餞別《せんべつ》」を出し、

「帰りにはジョニー・ウォーカーを三本買ってきてくれよ」

といった。洋酒が高級贅沢《ぜいたく》品だった時代である。

旅のはじまりは楽しかった。旅行二日目、カルガリー空港に着くなり、東大生の加藤清一《かとうせいいち》が旅行社の作ったバンフ行きの旅程をキャンセル、アルバータの大平原を走り回ろう、といい出した時、斉藤春枝は真っ先に賛成、他の二人の女子大生を誘った。

「あの時、中間の田舎町、レッドディアの高層ホテルから見たカナディアン・サンセットは忘れられない」

と、五十年後の今も、春枝は思う。そして、「上杉さんが夕日にこだわるのも、あの日の思い出だな」

と考えた。遠く去った青春の甘酸《あまず》っぱい思い出である。

しかし、五十年前の現実は、今、思い出すものほど楽しいことばかりではなかった。旅行社の作った予定と異なる別行動をした男六人女三人の旅は、微妙な感情を生んだ。

旅行社は九人の学生のために五つのツインベッド・ルームをあてがってくれたので、三人の女子大生には二部屋があった。はじめは抽選で一人で部屋を使う者を決めていたが、終わりの数日は常に春枝が一人で寝るようになった。その一方で春枝は、慶応《けいおう》大学生の上杉憲三と親しくなった。新潟県で建設会社を営む新興実業家の息子だ。

「若い頃は何をしても楽しかった……」

春枝は、そんなことを考える。春枝はその後十回ぐらいは海外旅行をしたが、今も忘れられないのは二十二歳の時の「カナダ・アメリカ十五日間の旅」である。

十五日間の「カナダ・アメリカの旅」を終えた時、東大生の加藤清一と福島正男《ふくしままさお》が、

「このメンバーで一年に一度は集まろう」

と提唱、全員が大賛成した。しかし、二年後の一九七三年五月に開かれた第二回目の会合には、男子六人は全員出席したが、女性では高山益代が来なかった。益代は早々と外語大卒の外務省職員と結婚して発展途上国に駐在していた。

そして次の七五年の第三回には筒井順子も来なくなった。こちらは就職した雑誌社で知り合った「売れない文士」と同棲《どうせい》しているという噂だった。その後も同窓会名簿に載る住所と職場は転々としているが筒井の姓は変わっていない。自由奔放な独身生活を送ったのかも知れない。

一九七七年二月の四回目にも、女性の出席者は斉藤春枝だけだ。

「やっぱり女性は環境変化に慣れるようにできてるのだよね」

厚生省のキャリア官僚になっていた加藤清一はそんなことをいったが、春枝の環境はこの六年間少しも変わっていなかった。依然として東京豊島区の両親の家に棲《す》み、川崎市の

高等学校に勤め、「枕草子《まくらのそうし》」や梶井基次郎《かじいもとじろう》の「檸檬《れもん》」を教えていた。春枝の勤める高校は、受験校でもスポーツ有名校でもなかったから、その頃から授業にはゆとりがあった。

（三）

しかし、この四回目の「加米の会」の直後から斉藤春枝の人生は、急流に突入したように変わりだした。

まず、その年（一九七七年）四月から勤務する学校が変わった。新しい職場は横浜市内の有名高校だ。春枝はこれを機会に東京豊島区の両親の家を出て、横浜市内に１ＬＤＫのマンションを借りた。そしてそれを待っていたように結婚話が来た。相手は、新任の高校に近いＮ重工業に勤める明地秀樹《あけちひでき》である。

「僕は国立大学卒のエリートで、会社でも将来を嘱望されている。うちの家は相模原《さがみはら》の土地持ちだ。僕は一人息子、妹は二人いるがね」

明地秀樹は、会った当初からそんなことをいう男だった。長髪で黒縁の眼鏡で、デートの際もスーツ姿で書類鞄を持って来た。

春枝は、この男が好きでも嫌いでもなかったが、豊島区の両親や兄貴は強く結婚を勧めた。二十八歳になっていた春枝にも「見切り時かな」という思いがあった。

結局、春枝は半年ほどの交際の末、明地秀樹と結婚、相模原の家で両親と下の妹と同居することになった。一九七〇年代には、結婚後も親子が一つ屋根の下に住むのがむしろ多数派だったろう。

結婚当初、春枝は幸せだった。相模原の家は十室もあり、前庭には乗用車二台と耕運機が停めてあった。自宅の裏には農地があり、トマトや野菜を育てていた。秀樹の父親は地域の顔役で、母親は家事のほとんどをしてくれた。結婚前の妹は親切でブラウスやペンダントを贈ってくれた。

しかし、結婚生活半年で、春枝は居辛《いづら》いものを感じだした。その第一は秀樹の家族が親切過ぎること。第二は親類やら近所の人の出入りが多いこと。第三は春枝の学校勤めを全く評価してくれないこと。そして第四は秀樹の帰宅が連日「午前様」になることだった。

「日本にとってもわが社にとっても僕自身としても、今が勝負時だぞ。僕は同期の中で一番に課長になった。小田《おだ》社長からも目を掛けられているし、関連企業との交際も大事だ。残業も休日出勤も厭《いや》とはいえないよ」

明地秀樹はそう繰り返した。それを裏付けるかのように、背広のポケットにはクラブのマッチやホステスの名刺が詰まっていた。

春枝は、こんな生活を次第に耐え難《がた》いと思うようになった。しかし、それを豊島区の自分の両親に訴えても真剣には取り合ってもらえなかった。厳しい家族制度の中で食糧不足の時期を乗り越えてきた大正生まれの両親には、春枝の不満など「贅沢過ぎる悩み」だったのだ。

春枝の結婚生活は一年余りで破局が来た。

きっかけは夫秀樹が同じ会社の女子社員と肉体関係を結んでいるのが発覚したことだ。秀樹は「彼女とはただの遊びだよ」といったが、「出張」と称して外泊することが増えた。

秀樹の母は、何事でも息子の肩を持つ質《たち》で、

「春枝さん、あんたが教員勤めを続けて秀樹の世話が行き届かないからよ」

といい張った。近所の自営業者に嫁いでいた上の妹も、三日に一度ほど実家に来て春枝の家事の手抜きを批判した。

夫婦の冷たい関係は二ヶ月ほど続いた挙げ句、春枝は明地家を出て横浜市内のワンルーム・マンションに移った。一九七九年の夏休み、春枝は三十一歳になっていた。

五回目の「加米の会」の案内が、相模原の明地の家から、横浜のワンルーム・マンションに転送されて来たのはその直後、一九七九年九月末のことだ。

春枝は散々に悩んだ挙げ句、出席した。

この時、関西のＳＳ電機に勤める山中幸助《やまなかこうすけ》を除く五人の男性が出席していた。厚生官僚の加藤は、役所の先輩の娘と結婚して公務員宿舎で暮らしていた。銀行員の福島正男は平凡な元ＯＬと結婚して社宅住まい、二児の父親になっていた。弁護士の石田光治《みつはる》は独身で「大阪の豊田《とよだ》弁護士事務所に居候《いそうろう》状態だよ」と冷やかに笑った。

新聞記者になっていた古田重明《ふるたしげあき》は、進歩派ジャーナリストらしく「ＤＩＮＫｓを楽しんでいたが、去年娘が生まれた」とだけいった。

大手商社に入った上杉憲三もまだ独身で、

「会社を辞めて新潟に帰り、親父《おやじ》の建設会社に入る予定だ」

と明かした。

「親父の建設会社は『日本列島改造論』で急成長したが人材不足でね。長男の俺に帰って来いというんだ。従業員五百人、年間売り上げ百億円の地方企業だけど、放っとけんよ」

それぞれがそんな「近況報告」をする中で、春枝も、

「明地とは別居、近く斉藤姓に戻ります」

と宣言した。当然、これは三十歳代の男たちの興味と同情を引いた。新聞記者の古田は、

「今どき、そんな大家族主義って珍しいぞ」

と同情してくれた。弁護士の石田は、

「法律的な相談があれば、私の司法修習の同期生に横浜で弁護士をしているのがいるから」

と紹介状を書いてくれた。

春枝はこの会で励まされはしたが、現実的な解決は別の方向から来た。春枝の勤める高校に近い区役所に勤務する大久保彦三と出会ったのだ。

彦三との最初の出会いが何時《いつ》だったか、春枝も正確には憶えていない。だが明地秀樹と別居してからそれほど経たない時期に顔見知りになっていたのは確かだ。

大久保彦三は、前夫の明地秀樹とは正反対、ずんぐりとした体型の栃木県出身の高校卒で市の職員寮に住んでいた。歳《とし》は春枝と同い年だが、話題は専らプロ野球とテレビドラマ。それだけに高校教師の春枝をひどく尊敬してくれた。春枝が「横浜大洋ホエールズが好きだ」というと、すぐ横浜球場に誘い、「市役所の職員には割引があるんだ」と自慢した。

「無知で無欲で無邪気の人」

というのが、春枝が抱いた大久保彦三に対する印象だった。そしてそれは、前夫の明地秀樹との対比で魅力的にも思えた。

「出るのは入るより難しい」

春枝は、何かの本で読んだこの格言を、身に滲《し》みて実感した。明地秀樹との離婚は、結婚よりもずっと苦しくて手間がかかった。

明地秀樹の方は、真意だか戦術だか、何度も復縁を求めてきたが、春枝は拒み続けた。その結果、約一年後には協議離婚が成立し、春枝は新居に家財道具を揃える程度の慰謝料を得た。一九八〇年秋のことだ。

それを見計らってか、大久保彦三は団地の市営住宅を借り入れていた。春枝は離婚手続きが完了するとすぐ大久保と新居を営み、教育委員会には「転勤願い」を出した。「明地先生」で知られた学校で「大久保先生」になるのは嫌だったからだ。

この願いは叶えられ、八一年四月の新年度からは緑区の新設高校に転勤になった。前の高校よりも生徒の学力水準も大学進学率もずっと低い高校だった。

春枝がこの高校に「大久保先生」として勤めたのは四ヶ月だけ。夏休み明けの九月末には長女の咲世を出産、「女子教育職員等育児休業法」の制度を利用して「長期休業」を取ったのだ。

「女子教育職員等育児休業法」とは、「公立学校の女性教師が出産した場合、長期間休職しても教師の身分を失わずに復職でき、年金積立ても継続される」というものだ。

春枝は、この制度を存分に活用した。

もっとも一九八一年当時は産んだ子が「満一歳になるまで」とされていたので、翌年十月からは復職した。だが学期途中では担任がない。その上、この年の十二月には長男の和久が生まれたので合計二年六ヶ月も事実上、休職することができた。大久保春枝が高校教師として担任を持ったのは一九八五年四月の新学期から、二人の子供は保育所に通っていた。

もちろん、この三年近く、春枝の所得は教育共済からの一部支給のみとなったが、市営住宅の家賃の安さが救いだった。

彦三は、毎日夕方六時には帰宅してテレビの前でビール一本を飲むのを楽しみとした。春枝は古い衣服を取っ替え引っ替え着て過ごした。彦三の運転する軽四輪で年に二、三回、栃木県の彦三の実家に行くのが、この夫婦の唯一の旅行だった。

その間にも「良い事」があった。一九八五年のお盆に栃木に行った時、彦三の父親が、

「裏山の雑木林が三千万円で売れたぞ。ゴルフ場にするそうだ」

といって、三百万円の現金をくれた。

春枝はそれで東京電力の株を買った。実父の勤めていた会社の株である。

この投資は成功、東京電力株は五年後には約三倍に値上がりしていた。高度成長が続いていた一九八〇年代、大久保彦三・春枝の公務員夫婦も幸せだった。

（四）

「おばあちゃん、一九九〇年二月二十三日。憶えてるか」

テーブルの向こうから彦三がいった。手には写真の入った銀色の小さな額を持っている。

「憶えてるわよ。貴方《あなた》のお父さんのお葬式があった日でしょ」

春枝は口元を尖《とが》らして答えた。

「これがあの時の和久の写真だ……」

彦三は銀色の額をテーブルに置き、その横にアイフォーンに映る映像を並べた。

「こっちが今年二月に送信して来た翔太だ。どっちも小学校一年生の終わりだよ。どうだ、似ているかな」

「全然似てないわよ。和久は細身でキビキビしていたけど、翔太は肥り過ぎよ。運動不足なのよ、翔太は……」

春枝は二つの写真をちらりと覗いただけでそう毒突いた。

「うん、確かに……」

彦三はアイフォーンを見直して呻《うめ》いた。

「翔太に野球の道具でも贈ってやろうか」

「何いってんのよ、おじいさん……」

春枝は老人性の金切り声を上げた。

「今時の子供は野球なんかしないわよ。和久だって野球よりサッカーだったんだから」

「ふーん、そういえば野球は衰退だな、甲子園《こうしえん》に出てくる高校も野球有名校ばっかりだし、優秀選手は卒業するとみなアメリカか韓国の球団に入っちゃうし……」

彦三はアイフォーンを握ったまま口惜し気に続けた。

「プロ野球だって昨年から八球団の一リーグになったくらいだから、日本じゃいい選手を養《やしな》えないんだな、スポンサーが付かなくて」

若い頃からの野球ファンだった彦三には、現在の状況は悲しい限りなのだ。

「サッカーだって全然流行ってないけどね」

春枝は慰め気味に呟いた。

「一流選手を目指す子は、中学から韓国か中国に留学するのよ。日本じゃ厳しい指導をすると、体罰だの苛《いじ》めだのいわれちゃうから、先生もコーチも熱が入らないのよ」

「それじゃあ、今の男の子は何やってんのかな、体育は……」

彦三は元教員の妻にそう訊《たず》ねた。

「中学でも高校でも多いのはダンスね。あのステップ・ステップ・ツイスト、ステップ・ステップ・シェイクのスクエア・ダンスよ」

「スクエア・ダンス」とは男女混成のダンスグループが拡めた踊りで、二平米の空間で踊れる簡便さと全員同じことをする平等性が教育現場では受けている。

「男の子があんなもので身体が鍛えられるのかね」

彦三は腹立たし気にいったが、教員経験の長い春枝は首を振った。

「身体を鍛えたい子は、別途スポーツジムに行ってるわよ。公立学校じゃ先生の方も高齢化してるから省エネ授業なのよ」

「ふーん、肥満児が増えるはずだな……」

彦三は悲し気に呟いて頭髪の少なくなった頭を掻き、やや間を置いていった。

「それなら旅行はどうだ。箱根《はこね》とか富士五湖《ふじごこ》とかへ行って御馳走《ごちそう》喰わしてやるのは……」

「年寄り二人に付いて来るかな、貴美さんが厭がると、和久も翔太も来ないわよ」

春枝は鼻で笑った。これまでにも似たような誘いはしたが、一度も成功していない。

「やっぱり海外旅行かな。今度のゴールデン・ウィークに三代五人でハワイに行くってどうだ。三十年前にも行ったろう。咲世と和久を連れて。俺の親父《おやじ》の遺産が入ったから豪華なの申し込んで……」

彦三は身を乗り出していった。

「そらねえ、三十年前には私たちも若かったし、バブル景気で日本人歓迎だったからね」

春枝は、半白頭の首を振った。彼女の半白頭の中では、「古き良き日々」への郷愁と、その後に生じた「想定外の出来事」への悔悟が渦巻いていた……。

(五)

「最近はうちの田畑も結構な値になったが、弟妹にも田畑は分けられねえ。昔からの『たわけ者』っていうくらいだ。だから、田畑とこの家屋敷は俺が継ぐ」

一九九〇年二月二十四日――彦三の父の葬儀の翌日――、義兄の東一《とういち》が弟二人妹二人の夫婦、計八人を新築したばかりの座敷に集めていった。

「その代わり、お前ら四人には現金で一千万円ずつと、じいさんの形見の品を贈るからさ、それでええじゃろう」

その時春枝は「一千万円」という金額に驚き歓んだ。彦三夫婦に贈られた「親の形見」は、親父が農協の団体旅行で買ったロンジンの腕時計と金細工のネックレスだった。彦三の父が死んだ九〇年二月、日本はバブル景気の真っ最中だったのである。

「これはありがたい。東京で立派な家を建てるぞ」

彦三はそう応え、すぐ実行に移した。

その年の春休み、彦三と春枝の夫婦は分譲地見学会にいくつも出席、四月になると夫婦揃って銀行を訪れ、住宅ローンの相談をした。

「御主人は市役所にお勤めで、奥様は高校の先生。お二人ともお堅いお勤めですから二十五年の長期返済なら一億円はいけますよ」

銀行の貸出担当者が揉《も》み手でいったのに、彦三と春枝夫婦は雀躍《じゃくやく》した。

「将来は和久が結婚して一緒に住めるように広めの三世代住宅を建てよう」

「ひょっとしたら咲世も夫を連れて一緒に住むかも知れないよ。これからはますます住宅難になるから、それも考えとかなくっちゃ」

この年の五月から六月にかけて、彦三と春枝はそんな話を深夜まで繰り返した。その間にも、新聞やテレビには「地価急騰」のニュースが絶えなかった。それに追い立てられる思いで、夫婦は決断した。

遺産として受け取った一千万円に、これまでの貯金や株式をはたいた資金を合わせて三千万円の頭金を作り、銀行から住宅ローン六千五百万円を借りて、横浜市緑区の新興住宅地で八十坪の宅地を購入、夏休みには工務店を呼んで木造二階建て延べ五十二坪の「大豪邸」を設計した。

一階には広めの玄関と十畳の応接間、二十五畳の居間と十畳の夫婦の寝室。二階には十二畳の居間と六畳の子供部屋が二つ、それに予備の八畳まで付けた。一階にも二階にもバスとトイレを造った。

もう一つ、春枝の強い主張で、二階には一階を通らずに入れる外階段を付けた。明地一家との同居で苦労した経験から、

「将来三世代で住む時も、嫁と姑《しゅうとめ》は顔を合わさずとも出入りできるようにしなくっちゃ」

と考えたからである。

一九九一年正月、大久保彦三・春枝の夫婦は横浜市内の2LDKの市営住宅から、緑区の「豪邸」に引っ越した。

住宅は予定通りに完成したが、春枝が加えた追加工事などで工費が嵩《かさ》み、家中を満たす

だけの家具が揃えられなかった。それに「二階の子供部屋に二人切りでいるのは怖い」と咲世と和久がいうので、「当分の間」は、彦三・春枝の親夫婦も二階の小さい方の寝室を使うことにした。

それでも彦三と春枝が悔いることはなかった。横浜の土地価格は急騰していると報じられていたからだ。この土地を斡旋《あっせん》した不動産仲介業者は、

「大久保さんはいい買い物をしましたよ、今なら三億円で売れますよ」

といって夫婦を歓ばせた。

しかし、現実の暮らしは楽ではなかった。当時は住宅ローンの金利が高く、月々二十二万円と年二回のボーナス払い百万円を支払っても借金の元本はほとんど減らない。「豪邸」は電気料金も嵩んだ。何よりの計算違いは固定資産税が予想外に高かったことだ。

「これでは家具を揃えるどころじゃないぞ、車は当分今の軽四輪、ビールは一日一本、タバコは止めよう」

真面目《まじめ》な彦三は、そんなことまでいった。それでも夫婦は悔いることもなく、

「今、苦労しておけば、和久が住宅難に苦しむこともないからな」

といい合った。「古い友人」福島正男から久し振りの「加米の会」の誘いがあったのはそんな時、一九九一年夏のことである。

「一九八五年の第七回以来の六年振り」と記されていたが、春枝は前々回と前回、出産育児で欠席したため、実に十二年振りだった。

「子供も育ったし、家も建てたし、ここは是非ともしゃべりたい」

春枝はそんな心境だった。場所は福島正男が勤める三友《みつとも》銀行の都心の社員クラブ。日本の大企業がこぞって接待用の豪華な社員クラブを持っていた時期である。

この時の「加米の会」では、土地値上がりの是非で大論争になったのを、春枝はよく憶えている。厚生官僚の加藤清一や銀行員の福島正男は「日本の経済力」と賞讃したのに対して、労働組合の委員長になっていた山中幸助は「庶民から持ち家の希望を奪う」といって批判、弁護士の石田光治は「開発利益を見込んだ土地買いは企業経営を不健全にしている」と非難した。新聞記者の古田重明も「都市と地方の格差を拡げる」と問題視した。

しかし、新潟県で建設業を営む上杉憲三はこの説を打ち消した。

「いや、土地の値上がりで地方も十分に潤《うるお》ってるよ。俺の地元でも大工の日当が一万五千円、東京からは宿舎付きで日当二万円の募集も来ている。それにうちの会社でも越後湯沢《えちごゆざわ》でリゾート・マンションを建てて分譲してるけど完売だ。このブームが続いたら、地方もレジャーとセカンド・ハウスで潤うよ」

との現実を語った。これには厚生官僚の加藤清一が、

「そりゃあいい。長期滞在型余暇活用を日本国民に拡めるのは、わが省の方針だからな」

と悦《えつ》に入った。

この会の最後に上杉が、

「斉藤さん、いや大久保春枝さんの豪邸新築を祝って、みんなでプレゼントをしようや」

といい出した。

「うちの会社では請け負った建築が完成すればお祝いに家具や絵画を贈ってるからね。会社を通じて買うと経費になって税金が引かれる。みんな一万円ずつ出してくれたら、税金控除分を加えて十万円相当のプレゼントができるよ」

「わあ、それならソファーセットが欲しいわ」

春枝はためらうことなく叫んだ。二十五畳の居間には食堂セットと板のベンチしかなかったからだ。

二週間ほど後には、黒い人工皮革張りの六点揃いの応接セットが送られてきた。それには小学生の二人の子供も大歓びをして、ソファーの上で大はしゃぎした。

彦三と春枝は、三ヶ月に一度くらい近所の家族を招いて食事会を開いたし、咲世と和久の誕生パーティーも開いた。広い居間と豪華な家具を褒められるのが嬉《うれ》しかった。

一九九一年には、郊外の住宅地でも地域コミュニティーが存在したのだ。

しかし、ブームは長く続かなかった。

既に一九九〇年三月、「不動産投資のための銀行融資の伸び率を、総融資伸び率の範囲に抑えるべし」という大蔵省銀行局長通達が出ていた。それが徐々に効果を上げ、九二年になると土地価格は下落に転じた。春枝の住む横浜市緑区でも分譲住宅の値引き販売がはじまり、春枝をがっかりさせた。

それでも、公務員共働きの大久保夫婦は支払いに窮することはなかった。むしろ彼らは円高を歓び夏休みには二人の子供を連れて海外旅行を楽しんだ。栃木の両親が死去したので、帰郷の必要もなくなっていたのである。

公務員は堅い職業だ。

午後五時きっかりに職場を出て六時には帰宅する勤務でも、毎年同じ教科書を読んでいても、給与は確実に上がる。「外の世界」で、長く続いた自由民主党政権が潰《つぶ》れて七党連立政権ができようが、彦三の属する自治労や春枝が加盟する高教組が支持する日本社会党の党首が総理大臣になろうが、大久保彦三と春枝の暮らしには変化がなかった。

一九九四年になると、大久保家の自宅も「半値」といわれたが、きちんとローンを支払っている大久保夫妻には何の咎《とが》めもなかった。また「横浜市の財政悪化——土地開発公社の不良資産は深刻」という報道もあったが、住民登録事務を司《つかさど》る係長だった彦三は、影響も受けず関心も持たなかった。

春枝の方は勤める高校が変わったが、「ゆとり教育」とやらで週休二日制が拡まり、勤めは楽になった。その分、春枝は自分の子供、特に長男和久の教育に熱を入れた。

一九九四年の暮れ、彦三と春枝は四十六歳、中学に通う咲世は十三歳、そして十二歳の和久は中学受験を目前にしていた。その頃の彦三・春枝の夫婦は「お受験」に熱心だった。

一九九五年一月、大久保春枝はたて続けに「驚くべきニュース」を聞いた。その一つは、この月十七日未明に発生した阪神淡路大震災で「加米の会」のメンバーの山中幸助の自宅が半壊した、というものだ。

それから間もなく「新潟県の上杉建設が倒産した」という話も聞いた。大久保家の建築を施工した業者の話では、

「越後湯沢のリゾート・マンションの分譲事業でもダメージを受けていたが、下請工事を請け負っていた準大手のM建設の破綻《はたん》で巨額の不渡りを喰ったのが決定的だった」

ということだった。

そのすぐあと、春枝は興味深いニュースを聞いた。横浜市のN重工業が経営不振に陥り、同業のK製作所と合併する、というのだ。N重工業は春枝の元夫・明地秀樹の勤める会社である。週刊誌には、

「三十年近くも社長・会長としてN重工業に君臨してきた小田信之《のぶゆき》氏が昨年急死、一気に多年の膿《うみ》が出た。K製作所との合併で小田一派の粛清が行われるだろう」

とあったが、明地秀樹の名などどこにもなかった。

そんな世間の変化を余所《よそ》に、大久保彦三と春枝の夫妻には予定通りの春が来た。猛勉強の甲斐《かい》あって長男和久は六年制の私立学校に合格した。

この夫婦にとって気掛りだったのは、中学二年生になった長女の咲世が芸能人に付きまとう「追っ掛け」のグループに入って、帰宅が遅くなりだしたことだった。

それでも咲世は、二〇〇〇年には四年制大学の英文科に入り、英会話教室にも通いだした。

帰宅の遅い日も外泊もあったが、いつも女友達の名や学校行事の話をしていい訳をした。様々な高校生を教えてきた春枝には「近頃の子は」という諦《あきら》めもあった。

それに比べて、長男の和久は順調に高校に進み、「理科系志望」といい出していた。日

本経済の「モノ造り回帰」がいわれていた時期だ。

和久は図画や工作は不器用だったが、コンピューター・ゲームには熱中した。高校の担任は「東京大学や医学部は無理だが、その次のクラスの大学なら理工系に入れるでしょう」といった。

彦三と春枝の夫婦はこの言葉に励まされ、「和久は技術者にしよう。電気工学か原子力がいい」と語り合い、受験学習塾にも通わせた。二階の勉強部屋で和久が勉強をはじめると、彦三と春枝はテレビの音量を下げ、声を潜めて会話したものだ。

そんな一家の努力の甲斐があってか、二〇〇一年、和久は現役ストレートで東京の国立大学工学部に合格した。夫婦は大歓びで、和久を「カナダ・アメリカ十五日間の旅」に出してやった。三十年前に春枝が行ったのと同じような団体旅行である。

翌々二〇〇三年十月、絶えて久しかった「加米の会」の開催通知が来た。この時は、「大阪の弁護士石田光治さんの衆議院議員当選を祝う」

というのが主旨だったが、併せて、

「加藤清一さんの厚労省年金局次長就任および上杉憲三さんの新会社設立を祝う」

とも記されていた。差出人は「古田重明毎朝《まいちょう》新聞編集委員」、会場は東京都内の高級ホテル、五十歳代の役員級が集まるのにふさわしい場所だ。

「みんなそれぞれに活躍しているんだ。上杉さんも山中さんも立ち直ったらしいわよ」

春枝はそういってこの会に出た。そして期待通りの情景を見て、大いに楽しみ大いに安心して帰った。だがその直後、春枝の身辺に予想外の事件が発生したのである。

（六）

「やっぱり出ないなあ、和久は……」

テーブルの向こうから彦三がいった。手にしたアイフォーンをうらめしそうに見ている。

「バカね、ウィークデーの午前中は仕事に決まってるじゃないの。会議中だったりしたら、迷惑するよ、和久が……」

春枝は夫の無知不作法を叱るようにいったが、彦三は首を振っていい訳をした。

「前に夜かけたら、翔太が寝てるのにって怒って切っちゃったよ」

「確かに、私も電話したけど出ないね」

春枝も口惜し気に呟き、二人はしばらく黙って目を遊ばせた。広いガラス戸の外は春、小さな桜の木に若葉が出ている。

「いっそのこと、アメリカへ行くか、サンディエゴへ」

彦三が、目を春枝に戻して呻いた。

「無理よ、咲世は。電話も、メールも、手紙も寄こさないんだから」

春枝は腹立たし気に叫んだ。その声には、怒りよりも悔いが滲《にじ》んでいる。

忘れもしない、二〇〇三年十一月末の深夜、大学卒業直前の長女の咲世が酒気を帯びて帰宅した。大学卒業が迫っても就職が決まらない咲世の生活は荒れていた。茶髪に染めショートパンツを愛用し、酒とタバコを好みだした。外泊することもあり、その都度、女友達の名を挙げていい訳をした。

ところが、この夜は違った。いつものように娘の飲酒と深夜帰宅を叱った母親に、咲世は、

「私、ミゲルと結婚するよ」

といい放った。

「ミゲル」とは、かつて咲世が通った英会話教室の講師を務める青年、ラテン系らしい風貌で百七十センチあまりの痩せ型、日本語は巧みだが、それ以外には特技がなさそうだ。

「いけません。あんな得体の知れない外国人と結婚して、どうやって生活していくの」

春枝は怒ったし、彦三も怒鳴った。だが、

「私、来月からアパレルのショップで働くから大丈夫よ。もうお父さんお母さんのお世話にはならないわ」

といい張った。

それから十日間、親と娘は何度も怒鳴り合った。その挙げ句、咲世は買って間もない軽自動車に積める限りの荷物を積んで出て行った。それ以来、咲世がこの家に現れたのはたった一度、自分の部屋に置いた衣類やCDを取りに寄っただけだ。

それから四年余り、咲世とミゲルは川崎のマンションで暮らしていた。咲世は東京や横浜の店舗を転々としながら働いていたが、ミゲルは「駅前留学」を看板とする英会話教室で講師を続けていた。

「案外、真面目な青年らしいぞ、もう認めてやってもいいじゃないか」

娘に甘い彦三はそういい出したが、春枝は拒み続けた。だが、この頑《かたく》なな意地は成功しなかった。二〇〇七年末、ミゲルの勤めていた英会話教室が「違法契約」とやらで閉鎖となり、ミゲルは失業した。そして数ヶ月後、咲世は「ミゲルがアメリカに帰るので私も行く」と伝えてきた。

彦三と春枝は、娘を引き止めようとして様々に口説いた。両親は、

「アメリカに行ってもミゲルは下層階級だぞ」

「せめて日本で仕事を探させなさいよ」

とも口説いたが無駄だった。咲世は両親の言葉を一切聞き入れなかった。

いよいよアメリカに出国するという間際に、春枝は貯金から三百万円を引き出して娘に与えた。あとで分かったことだが、彦三も同じようなことをしていた。

あれから既に十二年が経つ。咲世からは年に一、二度、書きなぐったような葉書が届くが住所すら明記されていない。僅かに消印からサンディエゴに住んでいるらしいと知るだけだ。

彦三と春枝は、その間に二度アメリカに旅行したが、咲世には会えなかった。ロサンゼルスの日本総領事館の「在留邦人リスト」にも咲世フェルナンデスの名は見当たらなかった。十年ほど前の葉書には「二人目の子供ができた」とあったが、写真も送ってこない。

「どうやら、親に見せたくない暮らしをしているのでは。それなら多少の援助はしてやりたいのに……」

春枝はかねがねそう考えている。だが、住所不明ではそれさえも叶わない。考えれば狂おしくなるばかりだ。

彦三も思いは同じらしく、ある時、

「ちょっとミゲル君には失礼なことをいい過ぎたよ、咲世と別れさせたいばかりに。今度会ったら謝りたいなあ……」

と漏らすこともある。だが、その機会はまだ来ていないのだ……。

（七）

大久保彦三と春枝の夫妻は、長女咲世に去られた。それだけに長男和久への期待は強くなった。和久は、順調に四年間で大学を卒業、二〇〇五年四月には同じ大学の大学院に進んだ。専攻は原子力工学である。世界は好景気、中国などの需要急増で石油価格が高騰、原子力発電に対する期待が高まっていた時期だ。

「俺もお前もあと五年は働ける。和久には存分に勉強して博士号を取ってもらおうじゃないか」

彦三はそういい、春枝も賛成した。

和久は、大学院に進んでも多少のアルバイトをする以外は収入がなく、親の家に住み、髪も伸ばさず髭《ひげ》も生やさず、酔っぱらうことも滅多にない。趣味はコンピューター・ゲームとサッカー観戦、定職がないという点を除けば理想的な息子だった。就職についても、本人は心配していないように見えた。

「徳永《とくなが》教授に付いていれば間違いないさ。何しろ徳永行康《ゆきやす》といえば原子力界の大ボスだからな、いずれどっかの大学の助手か講師に入れてくれるよ」

と和久はいったが、就職口は見つからなかった。

その間に世界金融危機、いわゆる「リーマン・ショック」が世界を襲い、石油価格は急落し、原子力への期待も凋んでしまった……。

二〇一〇年秋、長男和久は工学の分野で待望の博士号を得た。大学院に入って五年半は、この分野では「極めて早い成果」といわれた。

「これで来年度からは、大学か電力研究所に就職できる。そのあとはフランスに留学するつもりだ」

和久は洋々たる前途を吹聴、定年を迎えた老親を歓ばせた。

しかし、世間では原子力への逆風が強まっていた。前年の総選挙では「コンクリートから人へ」のスローガンを掲げる民主党政権が誕生、進歩派弁護士の石田光治も衆議院議員に返り咲いていた。その上、この年の六月には民主党政権の首班が交代、市民運動家出身の総理大臣が出現した。

「嫌ねえ、市民運動家なんて。資源のない日本には原子力発電が大事なのに……」

彦三と春枝は二十五畳の広々とした居間で、一人息子の帰宅を待つ間、よくそんな話をした。自治労や高教組の説法も、息子の立ち場を優先する定年後の夫妻には通じなくなっていたのだ。

そんな矢先、決定的な事件が起こった。二〇一一年三月十一日の東日本大震災と、それに続く福島第一原子力発電所の大事故である。

和久が新年度からも大学に職を得られなかったのは、この地震と事故のせいだった、と彦三と春枝は考えている。それが事実かどうかはともかく、和久が得た就職口はコンピューターデータの解析会社の嘱託《しょくたく》、東京港区《みなとく》にある従業員二、三百人の事業所だ。

その一年前に、大久保春枝は高校教師を退職した。三年弱の育児休業を挟《はさ》んで通算三十六年七ヶ月の永年勤続には三千万円余りの退職金が支払われたほか、六十五歳からは月々二十万円以上の年金が約束されていた。

春枝は退職金で住宅ローンの残りを返済、息子の和久には最新のRV車を買い与えた。

時を同じくして彦三も定年退職を迎え、春枝とほぼ同じ退職金を得た。その上、彦三にはあと四年間「市民コミュニティー・センター参与」という職が与えられ、定年前の七割の給与も支払われた。

「老後は二人合わせて五十万円近い年金がある。わが家は『年金成金』だぞ」

彦三は嬉しそうにいい、生まれて初めてのゴルフクラブを買い、静岡県境のゴルフ・クラブ会員権を買ったりした。何度目かの「加米の会」の開催通知が、財団法人副理事長に天下っていた加藤清一から送られてきたのはそのあと、二〇一二年二月のことだ。「斉藤春枝」の
春枝はすぐさま「出席」の項に二重丸を付して投函した。昔に戻って、思い切り昔話をしたかったからだ。

その目的は存分に達せられた。だがその直後に春枝は、東日本大震災や福島原子力発電所事故を上回る大ショックに見舞われることになる。

その日——忘れもしない二〇一二年十月二十日の土曜日の夜半、珍しく酒に酔って帰宅した和久が、いきなり、

「俺、結婚するよ」

といい出したのだ。

「相手は本田《ほんだ》貴美、背の高い色白美人だよ。歳は二つ上の三十一歳だ」

「何でまた急に……」

彦三も春枝も仰天した。和久の見せたアイフォーンには茶髪で丸顔の女性が映ってい
た。
「どこの生まれでどんな学歴の人なの」
と春枝は元教師らしい質問をした。
「貴美は大学に勤めてる子だよ。東京生まれの東京育ち、区立の小、中学校を出て都立の
高校に行って、四年制の大学の家政学部をちゃんと卒業しているよ。父親は死んだか別れ
たかでいないそうだが、俺と同い年の弟がいるよ。新宿のお店に勤めてるそうだ……」
和久は酔いの勢いで一気にしゃべった。そこで席を立ち冷蔵庫の冷や水を飲んだ。
「和久、よく考えた方がいいよ。結婚は一生のことだからね。お前は工学博士にまでなっ
て、前途洋々なんだから……」
春枝は必死に驚きと怒りを抑えていった。それに対して和久は、母親の方に向き直って
短く応じた。
「でも、仕方がないだろう。もう妊娠五ヶ月なんだよ」
春枝は、この時の和久の乱れた髪と緩めた赤いネクタイ姿を、今も忘れることができな
い。運命の神が宿った決死の表情にも、失策を悔いる泣きっ面にも思えた。
「どうしてもっと早くいわなかったんだ」

少し間を置いて彦三が叱った。

「俺もつい最近聞いたんだよ、貴美から」

和久はそういったが、すぐ、

「貴美自身も気付いたのは先月なんだって」

と付け加えた。

「とにかく、一度連れてらっしゃいよ」

春枝がそういったのは、長女咲世の事例があったからだ。

「うん、貴美もそういってるんだ。すぐ明日にもここに来たいって」

和久はそういい残すと、二階の自分の部屋に上がって行った。そのあとも彦三と春枝の二人は長い時間、食卓を挟んで腰掛けたままでいた。何もしゃべらず、何も見ずに。

翌十月二十一日の日曜日の午後、はじめて見た本田貴美の印象は、良いものではなかった。

百六十五センチ、六十五キロほどの大柄で、はち切れそうな青いパンツルックで長い茶髪を垂らしていた。顔は小さくて丸かったが口紅は濃い。まぶたは人工的な二重、地味な教員生活を送ってきた春枝とはセンスが違うのだ。

「止めなさい、和久。あれだけは止めなさい」

春枝がそういいそうになるのを何とか堪《こら》えたのは、「妊娠五ヶ月」と聞かされていたのと長女咲世の例があったからだ。

横に座った彦三も思いは同じだったらしく、貴美からは視線を外し、専ら、

「結婚するなら式を急がねばならないぞ」

というようなことをいっていた。それに対しても和久は、

「結婚式なんてやんないよ。披露パーティーは大学の近くのレストランでやるからお父さんもお母さんも招待するよ。けど、栃木の伯父さんとかお母さんの兄貴とか呼ばないよ。年寄りが多いと興醒《きょうざ》めだからね」

といい、貴美も頷《うなず》いていた。

「ま、それはいいとして、新婚世帯となれば二階を片付けないといけないね」

春枝はやっとの思いでそういったが、和久は簡単に首を振った。

「ま、当分は二人でマンションでも借りるよ。子供が生まれれば考えるけど」

春枝は、自分が四十年かけて積み上げてきたものが、目の前で崩れていくような、いや足下ですべてが溶けていくような気分になった。夫の彦三も同じ思いらしく、人工皮革のソファーの中で小肥りの身体を細かく震わせていた。それでも春枝は、息子の言葉の最後

「そうね、子供が生まれたらここに帰っていらっしゃい。子育ては大変だから……」

の一句に縋《すが》りついた。

「うん、そうする」

和久は短く頷いた。だがそれは、八年近く経った今も実現していない。和久と貴美の子翔太がこの家に来たのは三度だけ、いずれも数時間に過ぎない。完全保育の託児所が普及したせいで、春枝が子育てをした昭和の頃よりは、ずっと楽になっていたからだろうか……。

（八）

「おばあちゃん。お前、今日はどうする」

しばらく新聞を眺めていた彦三が、老眼鏡の上から春枝の顔を覗き見て訊ねた。食卓の上に昼食の即席うどんと茶菓子を並べた時だ。

「私は神奈川女性会の歌舞伎観劇よ、晩も会食があるからね」

春枝は、うどんを啜《すす》りながら応えた。

「そうか、俺も今日は写真教室だ。市役所の局長だった酒井《さかい》さんも国税局長だった丹羽《にわ》さんも来るよ」

彦三は誇らし気にいった。数年前からカルチャー教室に通い写真の撮影に凝っている。昨年はその教室が開催した展覧会でも入賞、市役所の廊下にも作品が飾られ、ひとクラス高い部類に入った。「俺も写真のセンスだけはちょっとしたもんだぞ」ということもある。

「じゃあ、夕食は簡単でいいのね」

春枝はいい残して二階に上がった。二つの子供部屋と使っていない予備の居間、そして不用になったバスとトイレ。今はどの部屋も物置、咲世の残した勉強机や和久の置いていったパソコンもそのままになっている。あとから入れたのは古い液晶テレビや白熱球の電気スタンド。それに高校教師時代の思い出の品々だ。

「わが家も空き部屋だらけよ」

春枝は、上杉憲三の絵葉書を思い出して呟いた。

春枝が外出用のパンツルックに着替えて階下に降りると、彦三も春らしい替え上着になっていた。

「やっぱり出ないな、和久は……」

降りて来た春枝を見て、アイフォーン片手に彦三が呟いた。

「そうでしょ、貴美さんが止めてるのよ、電話もメールもするなって」

春枝は下駄箱から灰色のローヒールを選び出した。彦三の方は黒い革靴、そして灰色のハットをやや斜《はす》に被《かぶ》っている。もともとは禿《はげ》隠しで始めたものだが、最近は洒落た気になっているらしく、様々な色と形を揃えている。スーツも替え上着もあり余るほど揃えた今では、それぐらいしか買い物の楽しみがないらしい。

「翔太が今欲しがってるものは何かなあ、この前の３Ｄアイパッドは歓んだらしいけど」

玄関の両開きのドアに鍵を掛けながら彦三が呟いた。

「どうかな、歓んだというのは和久の話でしょ。翔太自身は何もいって来ないわよ」

春枝は駅前に歩きながらいった。ガレージには八年前に買ったハイブリッド・カーがあるが、最近はあまり使わない。和久も最近は中国製の電気軽三輪自動車にした。

「子供一人で都心マンション住まいにはこれが最適なんだ。一日百キロも走ることもないし、時速八十キロ以上出す必要もない。夜間電力で充電すれば安上がりだよ」

和久は昨年、３Ｄアイパッドを取りに来た時、そんなことをいった。

「もう新しい自動車など欲しくない」

という意思表示だったのかも知れない。

「翔太が本当に欲しがってるのは何かなあ」

彦三が繰り返した。

「そうね……」

と春枝は口淀《くちよど》んだ。

「スポーツは嫌だし、本も読まないし……。和久は子供の頃ゲームソフトに熱中したけど、今時の子供はあれも好きじゃないらしい。とにかく、テレビでも下手と失敗を歓んで笑う時代だからね。何かに熱中して上手になろうなんて思わないのよね、この頃の子供は」

春枝は後輩教師たちから聞いた話をした。スポーツにしろ英語や数学にしろ、一生懸命やるのはごく少数、エリートやプロ選手を目指す生徒だけだ。近頃は高校生の間にも、

「どうせ生活保護でも暮らせるんだから、無理して勉強することもないよ」

という風潮が拡まりだした。

「和久もそう思っているのかも知れない」

と春枝は思う。

息子の和久は幼少の頃から学習塾に通い、六年制の受験校に進んで国立大学工学部を出て大学院に入り工学の博士号を得た。それが未だに大学にも企業にも定職が得られず、技術コンサルタント会社の短期雇用。やっている仕事は畑違いのコンピューターデータの処

理だから、息子翔太の教育にも熱が入らないのは当然だ。

「和久ではなく世間が悪い。時代が不運なんだよ」

と春枝は思う。それでも、息子の嫁貴美への批判は止まらない。

「和久だって奥さんが確りしていれば、翔太にもきちんと好きな道を探させたんでしょうけどね」

駅に着いた時、春枝はそういい残して電車に乗った。春枝の行き先は東銀座《ひがしぎんざ》の歌舞伎座。彦三の方は横浜都心の横浜市民文化センターである。

「おじいさん、もう帰ってたのね」

午後十時頃、玄関からそっと居間を覗いて春枝は声を掛けた。

「うん、三十分ほど前に……」

彦三は、いつもの食卓前の椅子に腰掛けてテレビを眺めていた。

「和久は、ゴールデン・ウィークにも来ないって……」

彦三は、入口の春枝を見て呟いた。

「私も見たよ、アイフォーンのメール」

春枝は向かい側の定位置に座って応えた。

「ベトナムへ原子力発電所建設の地質調査に行くんだって、韓国企業の下請けで。やっぱり工学博士ともなると忙しいんだな……」

彦三は自らを納得させるように呟くと、視線を春枝の顔に向けた。

「今日は、いい話を聞いたぞ。元国税局長の丹羽幸夫《さちお》さんから。丹羽さんは叩き上げで国税局長になった人だから、税には詳しいんだ」

といい出した。彦三とは写真教室で一緒、自慢の仲間なのだ。

「その丹羽さんに娘と孫がアメリカに居るといったら、それはラッキーだ、それに財産を相続させたら税金が安くて済む、というんだ」

彦三は食卓に身を乗り出して、聞いたばかりの知識を披露した。

「相続税ってのは世界二百余ヶ国中で十九ヶ国にしかないそうだ。中でも日本が最も高くて厳しいらしい……」

「うちぐらいでも相続税なんてかかるの」

春枝は不思議な話を聞く気分だった。

「もちろんだよ。横浜に八十坪の土地と五十二坪の家屋、それに退職金やなにやらで一億円近い金融資産があるといったら、相続権者が息子さん一人なら相当かかるっていわれたよ」

彦三は嘆くよりも誇るようにいった。

「ところが、もう一人、娘が結婚してアメリカにいるといったら、そりゃあ好都合だ、そっちに不動産を相続させればいい、というんだ。丹羽さんの話では、今や何十万人もの老人が子供や孫を外国に住まわせているそうだ、相続税対策で。東京や神奈川の住民税収が年々減るのもそのせいだって」

「でも、無理よ。咲世は住所も分からないんだから……」

春枝が渋面で首を振ると、彦三は「それが分かるんだ」と、さらに身を乗り出した。

「前に子供を学校に入れるからといって、送金を頼んできたことがあったろう」

「へえ、そんなことあったかなあ……」

春枝は戸惑って呟いた。

「そら、四、五年前だよ。一ドルがまだ百三十円だった時だよ。あの時、和久を通して口座番号を教えてきたからさ。アメリカってのは預金口座番号さえ分かれば社会保険番号に繋《つな》がってるから住所も分かるんだ。それを探って住所を探し、この家を相続させる。これだけなら相続税もかからないよ」

「でも、咲世は帰って来ないよ、家をやっても住まないわ」

春枝はちょっと間を置いて反論した。だが彦三は、

「そこだ、丹羽さんの知恵は」

と叫んだ。

「アメリカ在住の咲世一家には日本の家は要らない。だから和久一家が借りる。姉弟間だからごく安くてもよい。そして折をみて分割で買い取るんだ、和久が。そうすれば和久はこの家を持てるし、咲世にも何がしかの援《たす》けにはなる」

「ふーん……」

春枝はしばし絶句した。これまで仕事でも生活でも、難しいことは一切考えなかった彦三が、子供のためとなればこれほど複雑な仕方を思い付いたのが不思議だった。

「この話には無理がある。この人は無理をしている……」

春枝は、強張った笑顔を向けている彦三の褐色の顔を見詰めながら、そう思った。

（九）

「私はね、今日、全然違うことを考えたのよ」

春枝は、ポットの湯を急須に注ぎながら囁《ささや》いた。

「今日、歌舞伎座には私たちの女性会のメンバーが十二人集まったのよ」

春枝は静かにいい出した。

「その中で、子供やその連れ合いがよくしてくれる、という人が五人いたの。あとの七人はうちと同じ。子も孫も寄り付かないんですって……」

「ふーん、その五人はみな大金持ちかな」

彦三が、話題を変えられたのに不満なのか、角のある声を出した。

「いいえ、大金持ちとは限らないよ」

春枝は半白頭を振りながら続けた。

「共通してるのは金持ちじゃなくて、職業を継いでるってこと。県会議員、開業医、印刷屋さん、大衆食堂、お寺さんで駐車場経営。みんな親の職業を継いだ二代目よ」

春枝は勢いづいて話した。

「同じ政治家でも武田《たけだ》さんとこなんか、ご主人の信晴《のぶはる》さんは国会議員で大臣までされたのに、息子さんは跡を継がなかったから寄りつかないらしいよ。それに比べて神奈川県議の土井《どい》さんは息子さんが県議継いでるからね。印刷屋の永井《ながい》さんとこも息子さんが跡継いでるし、食堂の伊藤《いとう》さんとこは娘さんが継いでるからお婿《むこ》さんもぴったりなんだって、両親に」

「ふーん、そうかねえ」

彦三は少々不機嫌に呻いたが、春枝は構わず自説を続けた。

「それで、私も考えたの。親の権威というか孫子《まごこ》に対するアドバンテージとは何かって」

「何なんだ、俺も翔太を歓ばそうとしていろいろ考えてるつもりだがな」

彦三は腹立たし気にいった。

「物じゃないのよ、ご機嫌取りじゃだめなのよ、ただの愛情でもない」

春枝はそういって一拍置いて続けた。

「要するにノウハウなの。息子や娘に必要な技術と知識、いやあ役に立つ知恵かな」

「ふーん、そうかなあ……」

彦三が憮然《ぶぜん》と呟いた。

「昔、明治、大正、昭和のはじめは、嫁はみな姑さんに従った。それでどんなに苦労したか、当時の文学の大きなテーマだったのよ」

春枝は国語教師らしい知識を披露した。

「それは何故《なぜ》か。貧しかったからか。そうじゃない。むしろ富豪や有閑階級の女性たちの家庭問題のテーマが多いのよ。家屋が狭かったからか。それも違う。昔の方が土地は広くて庭もあった。家族が多かったからか。それも違う。家族が多過ぎるんなら独立すればいいんだもの」

春枝は、雄弁になった。

「結局はノウハウなのよ。御飯の炊き方、衣服や道具の仕舞い方、親類付き合いにご近所付き合い。大家族社会と地域コミュニティーから抜け出せなかったから、親御さんの、姑さんの教えを請うしかなかったのよ」

「なるほど、それはそうだな。俺の子供の頃の栃木の田舎だって、お袋は親類の評判や近所の噂をひどく気にしていたなあ」

彦三も、やっと頷いた。

「そうでしょ」

春枝は得意気に背を反らした。

「今でも職業を継がせてる人はそれがあるのよ。政治家は選挙運動の仕方や支持者の人脈、商売している人は仕入れから製造販売、従業員やお得意様の性格、歯医者だって薬や機械から患者リストまで親の代から引き継ぐからね……」

「なるほど……、そこに行くと、俺たちには和久にも翔太にも伝えるものがないなあ」

ようやく春枝のいう論旨が分かって、彦三は頭《こうべ》を垂れた。

「RVの新車を買ってやっても運転は和久の方が上手いし、家電やビデオは貴美さんが慣れてるし、コンピューター・ゲームやカラオケも教えられないし……」

「そうよ。私が得意の家庭料理を作ってやっても、翔太はファミレスの方がいいというんだから……」

「ふーん、つまり俺たち年寄りは役にも立たずおもしろくもないんだ……」

彦三は悲痛な呻きを上げた。

「知識も技術も古いし、知り合いや人脈はみな引退者だし、これは普通のサラリーマンの宿命かな……」

「私もそう思うのよ」

春枝は一旦頷いた。

「でもね、ずうっと考えたんだけど、みんながそうとも限らないなって。例えば、上杉さんよ、新潟の上杉憲三さん」

「え……」

意外な名前に彦三は短い叫びを発した。

「上杉さんは親の跡を継いで建設業をやってたけど一九九五年に倒産、その後は一時復活したけど十年ほどでまた閉業。今はこれ、パンと卵と青菜だけの暮らしよ」

春枝は卓上に残っていた今朝の絵葉書を見せていった。

「それでも孫たちが一緒よ。あそこは女の子だけのはずだけど、その婿さんも一緒にいるのよ。孫と食事してるんだから」

「ふーん、そういえば……」

彦三は、春枝の出した絵葉書を眺め直して唸《うな》った。

「私ね。連休明けで列車が空《す》いたら、上越市《じょうえつし》の上杉さんとこへ行ってみたいの。何故、孫と一緒にいるのか、そのノウハウを知りたいのよ」

「うーん、なるほど……」

彦三は、長く尾を引くような呻き声を漏らした末、視線を絵葉書から妻春枝の方に移して呟いた。

「案外、それがいいかもな……」

第四話　孫の進路――二〇二二年

2022

2022年6月24日　金曜日　毎朝新聞

ユーズド産業、大繁盛！

最近、ユーズドのファニチャーや衣類などの再生販売が急成長を遂げている。かつては「中古品」や「質流れ品」といわれたユーズド（使用経験済み）だが、今や全国各地のユーズド・マーケットは大繁盛、数百万円の宝飾品から「百円均一」の雑貨市まで多種多少。先月、東京のビッグサイトで開かれた「ユーズド見本市」には約百万点が出展、百億円以上の売り上げがあった。

大阪南港にはユーズド専門の常設市場が開設、内外のバイヤーが詰めかけている。その一人「リメイン社」代表のナイマン・デラクレ氏は、「日本のユーズドには高級品が多い。衣類、食品、家具などバングラデシュやパキスタンでは日本ユーズドはブランドだ」という。

近年のユーズド市場の成長の背景には、二十世紀の成長期に豊かな暮らしを経験した世代の高齢化や死亡がある。ユーズド整理に詳しい経済学者の金本善士氏は、「役員クラスの高齢者が死亡すれば、十万点の遺品が出るが、遺族が引き取るのはせいぜい千点、九万点は廃棄されるが九千点は再利用が可能。洗浄補修してユーズド市場に出す。このうちの10％が輸出されており、アジア・アフリカには『日本ユーズド』の市場がある。

昨二〇二一年の輸出統計によると、国内でほとんど生産のない金が三十トン輸出されたのをはじめダイヤモンド等の宝石類が十三万カラット、ミンク等の毛皮衣類が六万着となっている。一般のユーズド衣類は十四万トン、中国では「不衛生と価格破壊の危険がある」として一時通関が停止されたこともある。

これに対して日本政府の対応は遅れている。「ユーズド産業」の所管を巡っては経済産業省、厚生労働省、法務省、警察庁のほか、国土交通省も「重大な関心」を示している。経産省は「一般の古物商と同じ」というが、厚労省は衛生上の検査の独立法人の設立を、法務省は「相続人全員の合意が先決」として専門機関の設立を検討中、警察庁も「盗品」の混入防止を掲げて監視機関を検討し、国土交通省は「遺品の保管と住居明け渡しの関係」を指摘する。遺品保管が長引けば団地などの住宅効率が悪化するというのだ。

ユーズド市場の繁盛は、豊かだった二十世紀日本が飛び去る羽音なのだろうか。

（合同通信配信）

（一）

「おじいさん、野良猫に餌《えさ》をやらないでよ」

　居間の方から老妻敦子《あつこ》の声がした。

　それに福島正男《ふくしままさお》はぎくっとして、悪戯《いたずら》を見破られた子供のように、薄くなった白髪頭を搔《か》いた。ちょうど裏の勝手口を開けて、夕食の焼き魚の残りを投げ与えたところだった。

「ミーナは野良猫じゃないよ、地域猫だよ」

　福島は低く呟《つぶや》いたが、敦子はそれをも聞き咎《とが》めた。

「どこが違うのよ、野良猫と地域猫と……」

「ミーナは街中をうろついてるんじゃなくて、この辺の五、六軒に定着してる。それだけ人にも懐いているんだ」

　福島は、妻の顔の見えない台所で呟いた。

「ミーナ」というのは、自宅の裏手に一年ほど前から現れるようになった黒みがかった縞《しま》猫《ねこ》に、福島正男が勝手に付けた呼び名だ。この名に猫の方が特別な反応を示したわけではないが、しなやかな肢体とサイダー色の目が、そんな呼び名にふさわしい気がする。

「だから、余計に困るのよ」

敦子の小言は続いた。

「餌の食べ残しなんかあると、虫が湧くのよ、これからの暑い季節には」

敦子はそういってつけ足した。

「お隣の柴田《しばた》さんとこの奥さんもいってたわよ、この頃この辺に野良猫が居着いて困るって。うちのヘレナちゃんが引《ひ》っ掻《か》かれはしないかと心配だって」

「ふん、ヘレナって、あのダックスフントか」

福島は鼻で笑った。隣の柴田さんのうちでは牝《めす》のダックスフントを飼っている。この犬種の特色として短脚胴長で行動はのろい。福島は犬も嫌いではないが、ヘレナは過剰に可愛がられているように思う。

隣の御主人柴田勝雄《かつお》氏は六十近いが、夫人の由紀《ゆき》さんはまだ三十代、二人の間には十歳ぐらいの男の子と八歳ほどの女の子がいる。恐らく由紀さんは何人目かの夫人だろうが、五年前に隣の住宅を買い取って引っ越して来た時からこの家族構成は変わらない。

それが三年前の五月頃からダックスフントを飼いだした。

「あの家族構成で愛玩犬《あいがんけん》を飼えば、溺愛するのも無理がないなあ」

福島は心中で頷《うなず》き、二階に上がり書斎に入った。二〇二二年六月中頃の金曜日、午後九時を少し過ぎた時刻である。

福島正男の自宅の書斎は四畳半。二〇世紀の終わりにここ杉並《すぎなみ》の外れに自宅を建てた時には「この書斎こそ四六時中世界に繋《つな》がる情報拠点にしよう」と意気込んだものだが、今は雑然として、他人が見れば「廃棄物の溜まり場」に思えるかも知れない。

南側は引き戸の付いた入口、北側は腰の低いガラス窓、右側にはデスク、左側は造り付けの本棚。そこには読みもしない経営書や文芸書が縦横に詰め込まれている。その上に差し込んであるのは古いデータ集や自分の寄稿文が掲載された雑誌の切り抜き。中段の手前にある銅板盾はニューヨーク勤務時代の記念品、二〇〇一年の同時多発テロで倒壊した世界貿易センタービルの浮き彫りが付いている。福島が一九八六年春から八九年末まで勤務したところだ。

デスクの上も一杯だ。十年ほど前の型のパソコンがあり、銀行から送られてくる月報のファイルや読みさしの雑誌が乱雑に置いてある。古い万年筆やボールペンを突き差した円筒に電子辞書、辛うじて空いているのは葉書を書くほどの空間だけだ。

床の上も雑物で埋まっている。入口の脇には、最近滅多に使わなくなったゴルフ・バッグが立てかけてあるし、窓の下には感動した展覧会や音楽会のパンフレットが積んである。どれもこれも、思い出が一杯で捨て難《がた》い。

「野良猫に餌をやるか禁止すべきか——これは、どこにでも古くからある問題だ……」

夕食のビールで軽く熱《ほて》った目で見飽きた書斎の中を見回しながら、福島正男は思い出していた。

かつて将棋の元名人が「野良猫に餌をやるのを禁止すべし」と近所の主婦に訴えられたことがあった。元名人はあまりにもバカバカしい訴訟と思って裁判所の呼び出しにも応じなかったところ、百万円の罰金判決が下された。

それでも元名人は、すぐそのあとの記者会見で『今後とも猫に餌はやります』といい切った。

「罰金は裁判所の呼び出しに応じなかったためであり、野良猫に餌をやったからではない」

との解釈である。

「あれは、もう十五年も前かな……」

福島はそう呟いた。この頃は月日の経つのがやたらと早い。

福島はやおらデスクの上から一冊のパンフレットを取り上げた。黄色い表紙には赤、青、緑の原色で「C・D・S」の文字が描かれており、それぞれの右側にはCOPYWR

ＩＴＩＮＧ（コピーライティング）、ＤＥＳＩＧＮ（デザイン）、ＳＣＨＯＯＬ（スクール）の黒文字が並んでいる。地味な色彩の銀行の調査月報や統計集の中にあっては、そのパンフレットだけが宙に浮くほどに派手派手しい。

福島は、老眼鏡を掛け直してパンフレットを眺めた。

最初の見開き左頁には、校舎の東京渋谷《しぶや》区のビルと「代表」と称する髭面《ひげづら》の男性の写真がある。そして右側の頁には「本校の目指すもの、育てるひと」という表題で、渋谷から東京全体に、日本全国に、そして極東アジアに、全世界に、と拡《ひろ》がるイメージを示した地図と渦巻きの絵が付いている。

次の見開きには、「世界で活躍する本校出身者」というタイトルで三十人ほどの男女の顔写真が並んでいる。日本人もいるが、姓名から見て韓国人か中国人らしい者もいる。風貌でインド系やヨーロッパ系と分かる者もいる。どれも福島正男には聞き憶《おぼ》えのない名前だ。

そのあとの頁には、「授業の内容」とか「本校講師陣」があり、教室での授業風景があり、ソウル、上海《シャンハイ》、香港《ホンコン》、シンガポール、ロサンゼルス、ニューヨーク、ベルリンの提携機関の配置図と校舎の写真がある。

最後には「入学手続き」の紹介と授業料が書いてある。「入学金三百万円、授業料年間二百万円」は決して安くない。要するにこれは、コピーライターやデザイナーを養成する専門学校の入学案内なのだ。

約三十分間、福島正男はそのパンフレットを眺めていた。実は今、七十四歳の元三友《みつとも》銀行理事、元三友不動産副社長の当面する最大の問題がここに詰まっている。

福島正男と敦子夫妻の長女利栄《りえ》の一人息子、高校二年生の新作《しんさく》が、

「この専門学校に進みたい」

といい出したのだ。

「これではミーナと同じになるぞ。多少姿形がよくとも、幾分か身のこなしや知恵の回りがよくとも、飼い犬のヘレナほど幸せにはなるまい」

福島正男は、そう呟いてパンフレットをデスクの上に投げ出した……。

(二)

福島正男は、一九四七年十月に広島《ひろしま》県北部の中間山地で生まれた。

小学校の頃から学力優秀品行方正で、郷里の小中学校では模範的な生徒だった。県立高校でもそれは変わらず、「福島君なら東大に合格するだろう」といわれたものだ。

しかし、東京大学文科一類（法学部系）に挑んだ現役受験では落第だった。福島は一年間広島市内に下宿して予備校に通ったが、この浪人生活が福島正男を一段と真面目人間にした。そして翌年は文科二類（経済学部系）に変更して合格した。

小柄で小肥《こぶと》りで口数の少ない福島正男の学生時代には、取り立てて語るほどのことはない。敢《あ》えていえば、卒業を目前にした一九七一年三月、「カナダ・アメリカ十五日間の旅・学生割引」に参加したことぐらいだろうか。この旅を共にした男性六人女性三人で、「加米《カメ》の会」を催すことになるからだ。

もっとも三人の女性のうちで二人はすぐ来なくなったが、男性六人と女性一人は、その後五十年間も、時たまながら会食をする。

この会が、これほど長く続いたのは、専《もっぱ》ら福島正男が幹事役を務め、各人の出欠や会場設営などの面倒な事務を引き受けたからだ。

福島正男は、東京大学経済学部を卒業すると同時に、大手の三友銀行に入社した。

当時の日本は、沖縄復帰を目前にして好景気に燃えていた。国内総生産は年率一〇％超も成長し、企業の設備投資が盛んだった。それだけに資金需要は旺盛《おうせい》で、大手銀行の権威は天にも届かんばかりだった。

この年三友銀行は、四年制大学卒業者だけで百三十七人も採用したが、その中でも東京大学卒業の福島正男は注目株だった。

半年間の研修の末、福島は東京都内の支店に配属された。中小企業の多い下町の店舗である。ここでの第一の仕事は預金集め、商店や町工場を廻《まわ》って銀行預金を誘うのである。

この仕事でも、福島正男は実績を上げた。当時、中野《なかの》区の銀行の独身寮に住んだ福島は、深夜も土曜日曜もなく「お得意様」を訪ね、預金の上乗せを願うと共に、経営相談や投資物件の評価にも携《たずさ》わった。下町の商店主や工場主にとっては、「東大経済学部卒」は頼もしい相談相手に思えたことだろう。

そのせいで、福島は三友銀行に入行して三年目には、地区本部長の常務取締役から表彰されたりもした。

この勤務態度は、四年目の四月に都心の大支店に転勤してからも変わらなかった。「お得意様」との付き合いで料亭やクラブに行くこともあったが、酒も女も度を過ごさなかった。趣味は映画とプロ野球、それに銀行に入ってからはじめたゴルフだった。

入行四年目の一九七四年八月、上司の支店長の紹介で片桐《かたぎり》敦子と知り合った。

敦子は有名女子大卒で商事会社に勤めていたが、敦子の父親は三友銀行の融資先の中堅メーカーの役員だった。その縁で福島の上司の支店長とも知り合い、娘の縁談を頼んだ、というわけだ。

父親が中堅メーカーの平取締役程度では、特に何かを求められる相手ではない。だが福島は、痩せ型で色白美人の敦子が気に入った。福島正男と片桐敦子は、「見合い後恋愛」という当時はありふれた過程で結婚したのである。

結婚した二人は、吉祥寺《きちじょうじ》の銀行の社宅マンションに住んだ。2LDKの当時としては洒落《しゃれ》た造りだ。

敦子には二人の兄がおり、それぞれ大学を出てサラリーマンになっていたが、どちらもまだ独身で両親と同じ家に住んでいた。そのせいか、新婚家庭に敦子の両親が訪ねてくることはごく稀《まれ》だった。

福島正男の両親は広島県で農業を営んでおり、上京して来ることは年に一回もなかった。三人の姉妹もそれぞれに自立の道を歩んでいた。福島正男が妻敦子を連れて広島に帰郷するのは、毎年八月のお盆に限られていた。要するに福島正男は、七〇年代の東京住まいのエリート・サラリーマンの典型だった。

敦子は結婚後もしばらく勤めを続けていたが、やがて女児を出産したので退職、専業主婦になった。一九七五年十月、福島正男が二十八歳、敦子は二十六歳だった。

正男が、この女児に利栄と名付けたのは当時の経済重視思想の表れだったかも知れない。「石油ショック」からいち早く立ち直った日本は、「世界経済を引っ張る機関車」と期待された時期だ。

二年後の七七年七月、第二子の男児が生まれた。これには健平《けんぺい》と名付けた。健全と平穏な人生を願ってのことである。

「男は度胸・女は愛嬌《あいきよう》」といわれた日本の伝統的な美意識が、七〇年代にはゆっくりと変わりだしていた……。

入行十年目の一九八〇年、福島正男は広島支店に転勤になった。

この時期、エリート・サラリーマンの間では家族を東京に残して単身赴任する者が増えていたが、福島正男は惑うこともなく家族ぐるみ転宅することにした。

広島県は福島の出身県とはいえ、郷里の村までは広島市内から車で二時間半。この距離感がかえって家族ぐるみの赴任を後押ししたといえる。子供が学齢前だったことも転宅を気楽にした。

実際、広島支店勤務の間も、福島の両親や妹との付き合いは三ヶ月に一度、日帰りで訪れる程度だった。福島の下の妹は広島市内に住んでいたが、姉は大阪に嫁いでいた。結局両親と共に村に残っているのは、連れ合いと共に農業を引き継いだ上の妹だけだった。中間山地の過疎化は既にはじまっていたのである。

広島の暮らしは快適だった。社宅は一戸建ての3LDKでお掃除も回って来た。正男は毎週のようにゴルフを楽しめたし、広島カープのナイターにも顧客の招待で行くことが多かった。東京では滅多に行かない音楽会や観劇にもしばしば足を運んだ。子供たちの通う幼稚園もごく近くだった。

広島支店での福島正男の仕事は預金集めではなく、貸出審査だった。これにも福島は、たちまちにして要領を得た。

当時の銀行の貸出審査は、事業計画の将来性や経営者の人柄、持てる技術の良否などを測るのではない。要は経営者の個人資産を含めた担保がどれだけあるかが決定要因である。

「銀行経営とは簡単なことだ。担保評価を厳し目にし、書類手続きを瑕疵《かし》なくやって優良融資先に喰《く》い込み、メインバンクの地位を築くことだ。メインにさえなれば、銀行のOBを融資先企業の経理担当役員に送り込み、営業活動も楽にできる。要は経営者の個人資産や親類縁者の資産をどれだけ活用するかだ」

福島はそれを悟り、その通りのことを実行した。つまり、日本特有の金融系列作りに励んだのだ。

広島での四年間、福島正男の勤務成績も家庭生活も良好だった。

この間、福島正男は月一回の割合で二泊三日の東京出張をした。そんな中でも、「加米の会」の幹事役も務めていた。東京出張に出て来た時にサポーター役を務める「地方統括部」の連中が手伝ってくれたからだ。中でもそこの女子行員の舞子《まいこ》は好意的で、「加米の会」のような私用もよく手助けしてくれた。

福島はこの舞子とちょっぴり仲良くなり、何度か褥《しとね》を共にしたこともある。

幸いなことに、舞子は面倒なことになる前に別の青年と結婚、銀行を退職していった。

福島正男の生涯では、妻の敦子以外でほとんど唯一の関係を持った女性である。

（三）

「ピポー、ピポー、ピポー」

デスクの上に置いたアイフォーンが鳴った。午後十時少し前の時刻だ。

「もしもし……」

福島正男は、飛び付くようにそれを取り上げて小さく叫んだ。この頃は、夜に電話がかかって来ることは滅多にない。

「ああ、福島さん、福島正男さんですね。石田光治《いしだみつはる》です」

聞き憶えのある甲高い声だ。

「おお、石田さん。久し振りですなあ」

そう答えた福島の声は、驚きと歓《よろこ》びで震えていた。

「いやあ、久し振り……」

相手も、笑顔が目に浮かぶような余裕の口調だ。

「実はこの度、わが党の前田正也《まえだまさや》参議院議員が広島県の知事選挙に出るので、参議院議員を辞職することになりましてなあ……」

「ほお、広島県知事……」

福島は、思わず大声を発した。つい今まで若き日の広島時代を思い出していたからだ。

「そう、広島県知事、今月末に公示される知事選挙に……」

石田は丁寧に繰り返してから本題に入った。

「それで全国比例区次点の私が繰り上げ当選になるんですよ」

「へえ、石田さんが参議員に……」

福島は、思わず驚きの叫びを上げた。

「いや、まだ正式に決まったわけやないけど、まあ、そういうことですね」

石田は歓びを隠すのに苦労しているような声で返事をしてから、続けた。

「ついては、お世話になった人たちや古い友達のみなさんとお礼の会を持ちたいと思ってるんですわ。まず真っ先に加米の会、五十年余の付き合いやからね」

「ほう、それはめでたい。是非ともやりましょう。万難を排して出席しますよ」

そう応えた福島の声は上擦《うわず》っていた。

「それでいつ、どこで……」

「いや、まだ日時も場所も決めてないんやけど、いつも幹事役を務めてくれてる福島さんにまずいうとこうと思うて」

「それはありがたい。石田さんの都合のいい日を三つ四つ教えてくれたら、俺からみんなに連絡するよ」

福島はそういったあとで、ひと言加えた。

「昔のように……」

「うん、それはありがたい。少し急やけど七月上旬にしたいんだ。国会の会期が六月末で終わるんで、七月の頭は空いてる。先になると参議院の選挙がはじまるからね。私は非改選やけど」

「七月はじめか、丁度いい。俺も七月はあんまり予定が入ってないからなあ」

福島は目の前の壁に吊《つる》したカレンダーを見ながらいった。七月上旬十日間の予定は三つ、「三友OB会」の昼食会と「利栄相談」、それに十日の「定期検診」である。

「済まんけど、貴方《あなた》からもみんなの予定を聞いてくれんかな。うちの秘書にもやらすけど」

石田はそういって、

「ああ、この担当は島《しま》という第一秘書にやらせるつもりだ、島忠克《ただかつ》……」

と付け加えた。

「うん、分かった……」

福島はそういってから、

「前田正也さんが広島県の知事選に出るんなら俺も応援させてもらうよ。俺はもともと広島県人だし、広島には勤務も居住もしたことがあるからね」

と続けた。嬉《うれ》しい誘いを掛けてくれた旧友の役に立ちたい気持ちからだ。

「あ、そうやったね。福島さんは広島県では知られた秀才やったし、広島勤務もあったねえ。加米の会にも広島から参加してくれたことがあったよなあ」

石田光治は、素早く反応した。「流石《さすが》は現役政治家だ」と思わす機敏さである。

「そう、八二年の秋だよ。石田さんは大阪から来た……」

福島は記憶を辿《たど》りながらいった。

「そうや、別荘地が値下がりして、訴訟をいっぱい抱えとった時やった」

石田はそんな思い出を語ったあとで本題に戻した。

「七月上旬でも七月四日と七日は避けて欲しいな、アメリカ独立記念日と日中開戦の日は」

「へえ、アメリカ独立記念日や日中戦争開始の日には、何かあるんかね、日本で……」

福島は怪訝《けげん》な思いで問い返した。

「いやあ、わが党にも親米派と媚中《びちゅう》派がいてね、アメリカ独立記念日に祝賀パーティーを開いたり、日中開戦の日には懺悔《ざんげ》募金をするなんて連中もいるんだな……」

「ああ、そういえば、去年も懺悔募金のニュースを見たな、テレビで……」

福島はあきれ気味に頷いていた。

「あんなの、俺は賛成ではないけどね」

「俺もそうなんだが。米中二大大国に対する見え見えの胡麻擂《ごます》りだからね。でも、今の国際情勢と経済状態じゃ仕様がないよ、何というても米中両国にパイプがあれば選挙資金も集まるからね。われわれの若い頃とは違うんだ」

「なるほどね、ま、そこのところはまたお目にかかった折にゆっくりと……」

福島はそういってアイフォーンを切り、書斎の中を見回して呟いた。

「流石に広島時代のものは残ってないなあ。あれから何回も引っ越したからなあ」


実際、福島正男の前半生には、引っ越しが多かった。結婚から六年ほどは吉祥寺の社宅マンションにいたが、八〇年には広島に転勤、八四年には東京に戻り、立川《たちかわ》の社宅に住んだ。この時は引っ越しセンターのトラックを雇って家具や家電製品も運んだが、二年後にはニューヨーク勤務となった。この時は、

「クイーンズ区に前任者の住宅がある。家具も家電製品も自動車も揃《そろ》ってるから、当座の必需品だけを飛行機で運べばよい」

といわれた。当然、社宅は返上しなければならないので、家財道具はもちろん、古い衣服や書籍も全部捨てなければならない。学生時代や新婚時代、そして広島時代の思い出の代物を処分するのは何とも切なかった。

大抵のサラリーマンと同様、福島正男・敦子のニューヨーク生活は快適だった。最初の半年ほどは言葉の通じぬ不便や習慣の違いに泣いたが、それにもすぐ慣れた。

当時、ニューヨークには二万数千人の日本人駐在員とその家族がおり、強固なコミュニ

ティーを作っていた。日本人向けの食料品店も書店もあった。その上、急激な円高で駐在員はみな高給取りだった。

福島正男夫妻もその恩恵を受けて、十分に裕福な暮らしができた。与えられたクイーンズ区の住宅は広い芝生に囲まれた平屋で、夫の正男はビュイックを、妻の敦子はホンダを乗り回していた。子供たちは日本人学校に通い、日本語と英語を自由に操れるようになった。

だが、何よりも楽しかったのは駐在員同士の社交だ。日本から政治家や官僚や各企業の役員が来れば、選《よ》り抜きの駐在員が夫婦同伴でパーティーを開いた。ここは駐在員の親睦の場でもあり、情報交換の場でもあった。

翌八七年からは、これに「加米の会」のメンバーの古田重明《ふるたしげあき》も加わった。古田は、毎《まい》朝《ちょう》新聞の特派員としてニューヨークに派遣されて来たのだ。また、福島の長男と古田の娘とは、日本人学校で二年間ほど同級生だった。

「ニューヨークに駐在した頃が、俺たちも日本も最高に幸せだったなあ……」

福島正男は思う。そして、

「その幸せを創り出したのも、当時四十歳前後だった俺たち団塊の世代自身だ」

とも考える。

実際、福島正男がニューヨークにいた一九八六年春から八九年末までの間、すべてが日本に有利に回っていた。

アメリカは規格大量生産型の製造業が衰退、至るところに廃工場や放棄されたビルがあった。日本の企業は、貿易黒字と円高の波に乗って、アメリカの企業や不動産を買いまくっていた。もちろん、それを不満とするアメリカ人も多かったが、世界に冷戦構造がある限り日本を東側陣営、つまりソ連の方に追いやるようなことはできなかった。

「日本の政治家は実に利巧だよ。アメリカの圧力に屈して円高を呑《の》んだ振りをしながら、実はその円高で稼いでいるのだからな」

ニューヨークの特派員になった古田重明が、福島正男にそう囁《ささや》いたことがある。

「俺もそう思う。アメリカの企業や不動産を買い漁る日本企業の幹部と接しての実感だ」

福島もそう応じた。そして、

「その通り新聞に書いたら……」

といってみた。だが、古田は長髪頭を横に振って、

「そんなこと書いても、本紙には載らんよ」

といった。

「確かに。うちの調査月報にも載らないね」

福島はそう応えるしかなかった。そんなことを論じるよりも、目前の投資案件や不動産買収に駆け回る方が、東京本社の評価が高まることを知っていたからだ。

ところが、福島正男が「今年一杯で帰国せよ」との転勤命令を受けてから一週間ほど経った日、想定外の事件が生じた。一九八九年十一月九日の夜（ニューヨーク時間）、東西世界を隔てていた「ベルリンの壁」が、東ベルリンの市民の手で毀《こわ》されだしたのだ。

この場面の実況中継をテレビで見た福島は、一体何が起こっているのか理解できなかった。直ちに古田重明に電話して訊《たず》ねたが、古田の応答も要領を得なかった。

「どうやら東ドイツという国家は統治能力を失ったらしい」

と知ったのは、やっと二日後の週末である。

「冷戦構造が消滅するかも知れない。そうなれば、アメリカ政府は日本に対して一層強く自由化を求めてくるだろう」

福島正男は、そんな調査報告を書いたが、東京本社調査部では完全に無視された。他のマスコミや評論家にもそんな見方をしている者はいなかったからである。

（四）

一九八九年の年末、日本に帰国した福島正男は、調査部海外調査課長に任じられ、練馬《ねりま》区《く》の社宅をあてがわれた。職場のポストも社宅の位置もやや不満だったが、長女の利栄と長男の健平は、「帰国子女枠」で大学にまで繋がる私立学校に入ることができた。

福島正男の不満はすぐ解消した。翌々九一年三月、融資部管理第三課長という実戦部隊に配属換えになったのだ。

管理第三課は専ら不動産投資に対する融資の面倒を見る部署だ。

「御存知のように昨年大蔵省から、不動産投資に対する投融資の総額は増やしてはならないという銀行局長通達が出ている。しかし、それを厳守していたのでは有力企業や成長不動産会社が離れてしまう。当行も他行も、住宅専門の金融機関を設立して、そこから不動産投資向けの融資を行っている。いわば迂回《うかい》融資の抜け道だな」

融資本部長の専務取締役毛利輝夫《もうりてるお》はそんなことをいった。

「大蔵省も分かっているが、地価抑制の世論に押されて人気取りの通達を出したんだ。迂回融資は見て見ぬ振りをしてくれてるよ」

「しかし、狭い日本の国土の地価総額が、二十五倍もあるアメリカ全土よりも高いというのは、やっぱり行き過ぎじゃないですか」

福島はそんな疑問を投げ掛けてみた。だが、毛利専務は、

「そんな説もあるが、まあ日本の経済力だね。土地は自動車や家電のように生産できないんだから、投資資金が増えれば値上がりするんだ」

と応じた。

その直後、ニューヨークから帰国した古田重明が訪ねて来た。

「厚生官僚の加藤清一《かとうせいいち》さんもパリから帰国したから、加米の会のメンバー全員が日本に揃った。絶えて久しいあの会をやろうよ」

といいに来たのだ。

「それはいい。うちの銀行の麴町《こうじまち》クラブを借りるよ。あそこなら山中《やまなか》さんや石田さんら関西組も泊まれるからな」

と福島は応じてすぐ手配した。主要企業が東京都心にも観光地にも豪華な福利施設を設けていた時代である。

ところが、この会が地価上昇を巡って大論争になった。労働組合の委員長になっていた

山中幸助《こうすけ》や弁護士の石田光治は、

「投機による土地値上がりでサラリーマンは生涯自宅が買えない。土地投機は抑制すべきだ」

と主張した。これに対して厚生官僚の加藤清一と銀行員の福島正男は、

「地価上昇は経済力の反映。ただの投機ではない」

と反論した。

この議論は、真面目な公務員夫妻の大久保春枝《おおくぼはるえ》が、

「うちの横浜の家は値段が三倍になったよ」

と歓声を上げたのと、新潟県で建設会社を営む上杉憲三《うえすぎけんぞう》が、

「東京・大阪の地価高騰で地方は潤《うるお》っている」

と証言したことで、加藤や福島に有利な結果になった。

しかし、この議論で福島は、

「うちも早く住宅を買わなければ……」

という焦りを感じた。それは公務員宿舎住まいの加藤清一も同じだったらしく、一週間ほど後に「住宅ローンの相談」に来た。

だが、二人ともこの時は住宅を買わなかった。東大卒の二人に共通していたのは、「決

断力の無さと組織への甘え」だったかも知れない。

実はそれがその時は幸いした。福島正男が妻敦子と、あれこれ相談しているうちにバブル景気は崩壊、地価は大暴落したのである。

福島正男は、個人的にはバブル崩壊の被害を受けずに済んだ。だが、職場の三友銀行は地価下落で多くの融資が担保割れになった。福島の仕事は「返済延期・利子分の追加融資」を頼みに来る不動産投資家や企業経営者にどう対応するかだ。銀行上層部からの指示は、

「利子分の追い貸しは断れ、元本についても系列の住宅専門金融機関への借り換えを勧めよ。応じなければ追い担保を取れ」

というものだった。

「急に融資打ち切りとは殺生な。それで営々と貯えてきた個人資産まで追い担保に取り上げて差し押さえるなんてあんまりですよ」

そう泣き叫ぶ企業オーナーも多く、福島も寝覚めの悪い日々が続いた。これに毛利専務は、

「まあ、大蔵省の手前、形だけの差し押さえだといっておけばよい。身ぐるみ剝《は》ぐようなことはしないと口約束でもしておくんだな」

といった。銀行の内実を知る福島は、一時慰めの言質《げんち》と知りつつもそうするしかなかった。この時福島は、預金集めと担保貸出の増加という得意技が通用しなくなったことを悟った。この国の金融環境が変わりはじめていたのだ。

一九九六年三月に入って、延期も便法も行き詰まり、福島自身も精神的に追い詰められていた。そんな時、巨大金融機関は申し合わせたように一斉に人事異動を発令した。

「いよいよ当行も余裕がなくなった。不良取引先は切り捨てざるを得ない。これは他の銀行も同じだ」

それから間もない寒い朝、毛利輝夫専務は融資部の幹部を集めて切りだした。

「ついては、君たちもこれまでの付き合いのある人々に厳しいことをいうのは辛いだろうから、この際人事を一新する。私自身も経営の一線から退《しりぞ》き新分野に転進する覚悟だ。君たちにも転勤して頂くが、これは決して左遷ではない。次の飛躍のためのバネ造りだ」

二日後に福島正男が受け取った辞令は、上海《シャンハイ》事務所長だった。

「現在は数名の小規模事務所だが、これからの成長市場だけに極めて重要なポストだ。頑張ってくれ」

辞令を渡す際、人事担当常務の増田良盛《ますだよしもり》がそういった。

「上海なんて、私は付いて行かないわよ」

その日——忘れもしない三月六日——上海赴任を命じられたと伝えた時、妻の敦子が最初に口にした言葉はこれだった。

「利栄も大学三年生になるし、健平も今年から大学だし、とても上海へは行けないよ。あなた一人で行きなさい」

「うん、そうする……」

福島正男は短く答えた。

福島の二人の子供は、帰国子女枠で大学まで入試なしで進める私大の付属小中学校に入り、そのまま七年間を過ごしていた。そのせいか、成績には斑《まだら》がある。二人とも英語は得意だが、国語と数学は苦手、美術と音楽は好きだが体育は嫌いだった。

「運動神経の鈍さは親譲りだよ」

と福島は苦笑した。福島自身もゴルフのハンディーは二十を切らない。

この年四月、大学の英文学科三年生になった利栄は、早々と食品会社への就職を決めた。長男の健平は、文学部歴史学科へと進んだ。父の福島としては経済か経営に入って欲しかったが、それには成績が届かなかったらしい。

とにかく、福島が上海に赴任する六月までには、家族の当面の方向は決まっていたわけだ。

一九九六年六月、福島正男は単身上海に赴任、開店したばかりの日系資本のホテルに住むことになった。

当時の上海は発展途上、二、三十階の高層ビルも新築されていたが、ほとんどは戦前のままだった。のちには高さ三百メートルの超高層が立ち並ぶ浦東《プートン》の金融センターもまだ未開発、ようやく南浦大橋《ナンプーブリッジ》で繋がったばかりで水郷《すいごう》の趣《おもむき》さえあった。

日本人駐在員も一万人に満たず、ニューヨークに比べて志気も低かった。日本人社会では、「やっぱり中国の中心は首都北京《ペキン》、上海はせいぜい大阪だ」との見方が強かった。

日本人社会では、上海の評価は概して低かった。そしてそれを一段と深めたのが、香港《ホンコン》返還（九七年七月一日）の翌日からはじまった「アジア通貨危機」だった。

この日、突如としてアジア諸国――韓国・タイ・マレーシア・インドネシア――の通貨が売られて暴落、慌てた各国政府は国際通貨基金（ＩＭＦ）の審査を請うた。

もとはといえばアメリカの投資銀行がアジア諸国に対する貸し付けを一斉に引き上げたのが原因だったが、ＩＭＦの指導は「為替の切り下げと財政金融の引き締め」だった。このＩＭＦの指導に従った結果、アジア諸国の経済は落ち込み、日本企業の投資も大打撃を受けた。上海経済は、翌年の長江《ちょうこう》大洪水との二重被害を受け、日本人駐在員の社会も意気消沈した。

任期の後半、福島正男の関心は任地の上海よりも東京に向いていた。一つは就職活動期を迎えた長男健平のこと、もう一つは再び地価が上昇に転じていたことだ。

五十歳代に入った福島正男は、役員を目指す出世レースから外れたことに、何となく気付いていた。それだけに「二流のエリートとしての老後」に備える気になっていたのである。

（五）

「あなた、もう十時半よ。そろそろ下りてらっしゃいよ」

下の階から妻敦子の声がした。敦子は家の中ではインターフォンなど使わない。階段下から叫ぶ昔ながらの方法を採る。

「よし、今行く……」

福島は低く応じて、先刻の「Ｃ・Ｄ・Ｓ」のパンフレットを掴《つか》んで階段を下りた。

「明日の晩、健平が来るって……」

居間に出ると、妻の敦子がアイフォーンのメールを眺めながらいった。

「そりゃ好都合だ。これ、新作のことも相談してみようと思っていたところだ」

正男は手にしたパンフレットを示しながら囁いた。健平は新作の叔父に当たる。

「それはどうかね。自分のこともちゃあんとできない健平に相談しても……」

敦子は鼻で笑うようないい方をした。

健平は四十四歳の今も独身、一度も結婚していない。勤めは大手旅行社だが、十年ほど前に本社営業部から京都支店のガイド部に変わった。今は外国人観光客、主として中国人団体客の観光案内をしている。本人は、

「歴史好きの俺には本社のデスクワークよりも観光案内の方がずっと楽しい。それに裕福な中国人団体客の場合はチップももらえるので、本社勤務よりも収入もずっといい」

という。政府も「観光立国」を目指して、「インテリ・ガイド」の養成に力を注いでいる。英語の他にもう一ヶ国語、中国語か韓国語かマレー語かができ、日本の歴史と文化に精通した旅行ガイドだ。

「健平は近畿知事会から旅行ガイドのA級ライセンスを得てるんだからね。まああれはあれで一つの生き方だよ」

福島は長男を擁護したが、妻の敦子は、

「旅行ガイドなんていつまで続けられるかね。五十、六十になってもやってるつもりか

ね」

と心配の種をぶちまけた。

「いや、健平の場合は大手旅行社の正社員だからね、会社は首にできないよ。ガイドに無理な年頃になると管理職か指導職に就けるだろうよ」

福島はそういった。心の中では、

「健平は地域猫ではない。大企業の飼い犬だ。ミーナじゃなくてヘレナの方だ」

と呟いた。

「それなら、結婚してこの家に住めばいいのよ。この家は私たち老夫婦には広過ぎるわよ」

「そらそうだが……」

福島は、途中で言葉を止めた。敦子のいう通りだと思うが、その前提条件が整わない。

四十四歳で一度も結婚していない男性も、今時は珍しくない。三ヶ月ほど前の「三友住《すみ》井《い》調査月報」では「男の結婚」を特集、

「四十歳までに結婚を一度も経験していない者が男性で三三%、女性で二五%に達する」

と書いていた。しかも、四十歳までに結婚経験のない男性が五十歳までに結婚する可能性は一〇%以下、そのほとんどは生涯独身で終わるだろう、という。敦子にも何度か聞か

せた「怖い話」である。

「勤めが安定しているし家もあるのに、何故《なにゆえ》に結婚しないのかね、健平は……」

敦子は白髪頭を傾げて訊ねた。

「女性が怖いんだって、今の若い男性は……」

福島は、前に三友ＯＢ会で聞いた話をした。

「三友銀行の行員でも四十歳代の独身が増えているが、その多くは女性が怖いというそうだ」

「へえ、それはまた……」

敦子は絶句し、ちょっと間を置いて訊ねた。

「あなた、私が怖かった……」

「いや、怖くはなかった。だから結婚できたんじゃないか」

福島はそういって声を出して笑った。

「じゃあ、健平だって怖くない女性を見つければいいんじゃないの」

と敦子はいった。

「それがなかなかね、世間が女性を怖くしちゃってるんだな。結婚したら家事を分担せにゃならん、子育てもせんといかん。子供にも女房にも一切暴力を振るっちゃいかん。そういわれると、健平のように不器用な男性にとっちゃあ、そら恐ろしいよ」

福島はさらに話題を拡げた。

「学校だってそうじゃないか。この頃の学校では先生が生徒を怖がっているよ。すぐ体罰だ、苛《いじ》めだ、といわれるからね。昔は雷親父《かみなりおやじ》とか鬼コーチとかがいたけど、最近は全然いない。雷よりも鬼よりも怖い世論の仏様てのがあるからね」

「ふーん……」

敦子は老夫の久しぶりの説法に感心した。そしてやおら重そうに口を開いた。

「誰がいつ、そんなことにしたのかねえ」

「まあこの三十年の間に徐々になったとしかいいようがないなあ、俺たちがみんなでその方向に引っ張って来たんだなあ……」

福島正男は諦め顔でいった……。

二十四年前の一九九八年、上海から帰国した福島正男が見たものは、想像を絶する危機的状況だった。バブル景気の崩壊による不良債権に加え、アジア通貨危機の打撃が加わり、日本の金融機関はみなグロッキーになっていた。それに国際銀行基準で総資産の六%以上の純資産を備えることが、国際取引をする銀行の必須条件とされた。これに対して三

友銀行でも、

「純資産を急には増やせんから、総資産つまり貸し出しを減らすよりない。それに含み益のある資産は売却する。社員クラブや社宅も極力売却する」

との方針が打ち出された。証券大手の山一《やまいち》證券や市中銀行の一つ北海道拓殖《ほっかいどうたくしょく》銀行が既に倒産したことで、行内には危機感が渦巻いていた。

「いつまでも社宅にはおれん。やっぱり自宅を造ろう。家さえあれば退職金と年金でやっていけるからな」

福島はそう決意、敦子も大賛成だった。

早速、不動産部に問い合わすと、

「杉並区に三十三坪、坪百万円の土地の出物がある」

との情報が来た。もともと一軒の邸《やしき》だった土地を開発業者が買収、四分割して分譲するというものだ。場所にも広さにも不満があったが、「手持ちの金融資産の範囲内で土地を買う」という当初の決意に従ってこれに決めた。

この決定に、妻の敦子も長女の利栄も長男の健平も歓び、様々な注文が出た。

これまで社宅マンションの七畳半を分けて使っていた利栄と健平は「それぞれ六畳以上の勉強部屋兼寝室が欲しい」といった。妻の敦子も「クローゼット兼用の自室が要《い》る」と主張した。福島の希望は専用の応接間と書斎だった。もちろん駐車場一台分とリビングダイニングと分離したキッチンと二つのトイレは必須だった。

しかし、家族みんなの要望を、三十三坪容積率一二〇%に収めるのは不可能だ。結果、「最早自宅で接客することもあるまい」というので、専用応接室を切り、敦子のクローゼットを四畳に、福島の書斎を四畳半に縮めた。

敷地の南側には駐車場とゴルフクラブを振り回せる程度の芝生を取り、北側は隣地境界からは法令ギリギリの五十センチにまで詰めた。身体を横にしてやっとゴミ捨てに通れる程度だ。今そこは地域猫ミーナの領分になっている。

福島正男の自宅建築中に、日本の金融界では大事件が起こっていた。この年十月に日本長期信用銀行が、同十二月には日本債権信用銀行が、破綻したのである。

これを契機に金融再編の波が押し寄せた。「比較的健全」といわれた三友銀行も、住井銀行との合併を模索、密《ひそ》かに融資先の整理を図った。

戦後の日本の金融系列は、総合商社や中核重工業から建設、不動産までを揃えた長い連鎖だから、根元の銀行が合併再編されるとなれば各業界共に大騒ぎだ。

福島正男もその渦中で、はじめは債権審査役、やがて取締役一歩手前の理事になった。

しかし、正直いって小渕《おぶち》内閣が仕掛けたこの大胆な改革には付いていけず、次第に仕事への情熱を失ってしまった。この頃、自宅建築に次ぐ福島正男の関心事は、長男健平の就職だった……。


「俺、広告代理店か旅行代理店に入りたいんだ」

一九九九年三月、杉並の新居に引っ越して間もない頃、大学三回生の長男健平がそういい出した。

「広告代理店は人気就職口だが、旅行代理店はどうかな」

三友銀行理事になった福島正男は、ちょっと気のない返事をしたが、すぐ考え直した。

文学部歴史学科の健平には、そういうところしか採用の見込みがない。

「旅行会社大手のＪＪＢなら三友銀行から役員も出しているから聞いてやろうか」

福島は気楽にいった。まだ就活の厳しさを実感していなかったのだ。

親父の口利きが利いたのか、健平の英語力が評価されたのか。健平は入社試験に合格、翌二〇〇〇年四月からＪＪＢに勤めだした。

「あれからの七年間、二〇〇七年に三友銀行を退社するまでの間が下り坂で踏み止まった時代、いわば俺の晩夏の時期だったなあ」

福島正男はそう振り返る。

銀行での位置や給与は上がらなかったが、「高給取りの幹部」という地位は保った。宴席やゴルフの誘いは減ったが、行くところは高級だった。新宿の駅までとはいえ送り迎えの車も付いていた。仕事は主として不良債権の処理と合併した住井銀行側との調整だった。

妻の敦子も、ニューヨーク時代の同僚夫人や出身女子大の同窓会でよい立場にいた。長女の利栄も、長男の健平も、新築住宅から元気に通勤していた。福島夫妻が、利栄の結婚を考えないでもなかったが、さして切実には感じていなかった。いわば「二流のエリートの晩夏」を楽しんでいたのである。

それを思い出すにつけても、四十四歳で未婚の長男、そして「大学に進まない」という孫のことが心配になる……。

（六）

「ねえ、あなた。明日健平が来たら、私たちで怖くない女性を探してやるからといってみようか」

　妻の敦子がやや猫背になった身体を乗り出していった。

「それは、どうかなあ……」

　福島は白髪頭を傾げて呟いた。

「京都にいい女《ひと》がいるかもよ、既に……」

「じゃあ、その女と結婚するように勧めたら。もうそろそろ結婚しないと、子供ができても定年までに大学を出せないわよ」

　敦子は苛立《いらだ》たし気に語気を強めた。

「いろいろ事情があるんだろう。健平も、もう子供じゃないんだから考えてると思うよ」

　福島は、老妻を宥《なだ》めるようにいった。

「そら三十歳代で未婚の娘を抱えてる人はいっぱいいるよね、三友銀行のＯＢでも……」

　そのあとでひと言、

「古田さんとこの娘さんもまだ独身だよ。ニューヨークの日本人学校で健平と同級生だった古田久仁《くに》さん、翻訳家で活躍してるけど……」

「そうね、きれいな子だったけど、少し年を取り過ぎていない。高齢出産になるわよ、これから結婚したんじゃ」

敦子は、例《たと》えでいったことも真剣に受け止めた。

「まあ、古田久仁さんはもう結婚しないだろうな」

福島はこの例えを打ち切るのに、別の世間話をした。

「それに比べて上杉さんとこは娘さんが二人共早々と結婚して、孫が五人もできてるんだよ。事業には失敗したけど家族は繁栄だな」

「それで、お孫さんはどうしてるの」

敦子が興味深気に訊ねた。

「まだ小さいと思うよ。上杉さんが結婚したのはうちよりずっと後だから、子供が生まれたのが一九八七年から八九年、俺たちがニューヨークにいる間だったよ」

福島はそこでまた統計趣味を持ち出した。

「大体、七〇年代生まれに未婚や子無しが多いんだ。日本の出生率が最低の一・二六を記録したのが二〇〇二年、利栄や健平の結婚適齢期だ。去年はそれが一・四二まで上がってるがね」

「私たち、子供を産む時期が悪かったのかね」

敦子は腹立たし気に呟いた。

「いやあ、世間の風だね。何でも危ない危ないといって、安全第一に育てたから。隣のダックスフントみたいに過保護だったんだよ」

福島が何気なくいった言葉を、敦子は聞き咎めた。

「じゃああなた。新作はコピーライティング・デザイン・スクールでいいと思ってるの……」

「さて、そこだよ。相談したいのは……」

福島は、白髪頭を掻いて座り直した。


二〇〇五年四月、福島正男は「勤続三十五年」の表彰を受けた。同じ年（一九七一年）に大学を卒業して入行した百三十七人のうち、この栄誉に浴した者は十八人、終身雇用の大銀行とはいえ、やっぱり中途転退者が圧倒的に多いのである。

もちろん、自ら進んで転退職した者もいるが、五十代半ばで子会社や融資先の中小企業に出された者も多い。特に二一世紀はじめの三友・住井の合併ではかなりの人員整理が行われた。三友住井銀行に留まった者の中で常務取締役になった者は細川忠夫《ほそかわただお》という外国為替専門家がただ一人、理事職にあるのが福島ら四人、他は〇〇付きの閑職である。

「いよいよ俺も行き止まりだな、来年あたりは首かな」

福島がそう思いはじめた連休明け、それよりもはるかに衝撃的な「事件」が生じた。

夕食のあと、書斎に入って来た長女の利栄が、

「私、妊娠したみたい」

と打ち明けたのだ。

「突然……一体、どうしたんだ……」

福島は動転した。何秒かの沈黙の末に福島がいった言葉は、

「お母さんにはもう話したのか」

だった。そして次には、

「相手は分かってるのか、どんな男だ」

という月並みな質問だった。そして利栄の答えにまた驚いた。相手は岡本常安《おかもとつねやす》という食料品の通信販売会社を経営する三十九歳の男性、バツイチで女の子が一人いる、というのだ。

「そんなのと結婚しちゃいけない。子はすぐ堕《お》ろしてしまえ」

福島は激しく叱ったが、泣きながら首を振る長女の哀訴には弱かった。

父と娘は、母敦子を交えて明け方まで議論した末、

「とにかく、その岡本なる男と会ってみる」

ことにした。その時福島は、既に、

「この結婚は許すしかない。利栄ももうすぐ三十歳だ」

と自分にいい聞かせていた。

「あれから十七年か、早いものだな、あの時孕《はら》んだ子が新作。来年はもう高校三年生だ」

福島は改めてそれを考えた。

「もしあの時、無理矢理堕胎させていれば、新作は今、この世に存在しない。そして新作の進路で悩むこともなかったろう」

福島はテーブルに投げ置いた「C・D・S」のパンフレットを眺めながら考えた。

利栄の相手の男性岡本常安は九歳年上のバツイチながら、利栄が夢中になるのも理解できる「いい男」だった。身長は一八〇センチに近く、筋肉質で顔が小さい。銀縁眼鏡をかけているが、終始ノート型パソコンを離さず何かと器用だ。

職業はインターネットでレストラン向けの食材を販売する会社の経営で、「正社員十六人、非正規四十人、年間売り上げ三億円少々、営業利益二千四百万円」ということだった。離婚経験者で九歳になる女の子がいるが、その子は離婚した元妻に渡し、二千万円の慰謝料と年間三百万円の養育費を負担していることも隠さずにいった。

「出身は九州ですが、今は母親だけです。母は七十歳で埼玉《さいたま》で兄の一家と一緒に住んでいます。利栄さんに面倒はかけませんよ」

といって福島夫妻を安心させた。たった一度の対面で福島夫妻の信頼を勝ち得たのは、岡本常安の世慣れたところだろう。

数日後の二度目の会見で岡本は、

「結婚式は神前で挙げます。仲人はAJ食品の鈴木《すずき》良仁《よしひと》社長に頼みます。僕の会社の取引先でもあり利栄の上司にも当たります」

などと堅いことをいって福島夫妻を安心させた。

利栄はこの年（二〇〇五年）六月に結婚式を挙げて都心のマンションに住みだした。岡本常安の母や兄が新婚家庭に来るのは稀《まれ》で、常安の別れた女房や長女が新居を訪れることもなかった。しかし、岡本常安自身は毎週一度、どこかで会っているらしかった。

「岡本君は器用な男だ。まああれくらいなら良しとするか……」

福島正男・敦子の夫婦も、そう思いだしていた。

長女利栄が結婚すると、福島の家は急に淋《さび》しくなった。そしてそれに追い打ちをかけるように退職勧告がきた。

翌々二〇〇七年三月、人事部長の伊東直政《いとうなおまさ》から呼び出しがあった。伊東は福島よりも年齢も入行年次も九年下だが、三友住井の合併でできた新体制に入り込んだ「新主流派」の一人だ。

「福島さん、長らく御苦労をおかけしていますが、この頃はどうですか」

伊東はまずそういったあとで、

「福島さんも今年十月で六十歳、めでたく定年ですかね、その前に後進に席を譲って頂けませんか。そうすると、立派な再就職先がありますよ。三友不動産管理会社の常務取締役とか……」

伊東直政は例示のようにいったが、次には机の上にその書類を載せていた。

「土地バブルの頃には当行自身も随分土地を買ったでしょう。福島さんも御存知のように、将来の店舗用地やら社宅用地やらの名目で。そういった不良地ではないが不要地をまとめたのが三友不動産管理会社なんですよ」

「よく知ってますよ。前の融資部管理本部長だった毛利元専務が社長をしておられる会社ですよね」

「そう、それを福島さんの情報力と知恵で立ち直らせて欲しいんですね」

伊東直政はニヤリとしてつけ加えた。聞きようによっては毛利のあとの社長を示唆するようにも取れるいい方だった。

「分かりました。検討させて頂きます」

福島はそういって退室したが、腹は決まっていた。大組織の人事は一度いい出すと取り消されることはない。厭《いや》なら組織の外に出るしかないのだ。

二〇〇七年四月、福島正男は三十六年間勤めた三友銀行を退職、子会社の三友不動産管理会社の常務取締役になった。不要資産の寄せ集め会社だけに給与は低く、三友住井銀行の理事の頃よりも三割近くもダウンした。勤める場所も都心を外れた古い支店のビルだった。

もちろん、三友住井からは退職金が六千万円近くも出た。当初福島はこれで住宅建設の際のローン千数百万円を返済、残りは三友住井銀行に預金するつもりだったが、長く金融のプロとして働いてきた身としては、あまりにも能がない、と思い直した。

その結果、半分は金利の高い豪ドル建ての定期預金に、残りの半分を電機株や資源株に投資した。時あたかも世界的好景気、国際石油価格が一バレル一四〇ドルにもなっていた時期だ。

この投資は失敗だった。五年後の二〇一二年には円高と株安で三割ほど減価した。

もっともその後のインフレと円安で値を戻してはいるが、物価上昇で実質価値は下がっている。

「サラリーマンは所詮《しょせん》武士、自分で投資をするとなると下手なんだなあ」

と福島は思う。

（七）

「サラリーマンの人生なんて、過ぎて見れば大差がないなあ……」

福島正男は、駅から自宅までの一キロ弱をゆっくり歩きながら、何度もそう呟いた。

二〇二二年七月七日午後四時過ぎ、陽《ひ》は高く空は晴れていた。今は「三友ＯＢ会」の四半期毎の昼食会からの帰り路《みち》だ。

「三友ＯＢ会」は昭和四十年代（一九六五〜七四）に、大学を卒業して旧三友銀行に入行、二十五年以上勤務し、本店管理職以上に昇りつめた者を有資格者とする「名誉ある親睦会」だ。会員数は三百人以上だが、四半期一度の昼食会に出席する者は三、四十人。経済学者や文化人の講演を聴いたあとで洋食を喰う。会長は一九六七年入行で副頭取、副会長を歴任した黒田長正《くろだながまさ》、副会長は福島と同年入行で専務取締役にまでなった細川忠夫といった構成だ。この二人は今世紀のはじめに三友銀行が住井銀行と合併した際、いち早く住井側に擦《す》り寄り、「新主流派」を形成した中心人物である。

もちろん、今日の昼食会にも御両人は出席、福島とも歓談したが、黒田は糖尿病を患《わずら》っているとかで目をしょぼつかせていたし、細川は「アメリカに留学させた息子が帰って来ない」と盛んに嘆いていた。誰もが、

「食べるのに困らないが、子供たちを引きつけるほどの資産やノウハウを持たない」

という点では同じだ。

「そこへ行くと、岡本常安君の生き方はいいかも知れぬ」

と福島はわが娘婿《むすめむこ》のことを考えた。

前の女房とは慰謝料を支払って離婚し、かつては娘の養育費も払い続けていた。しかしそれも三年前まで、娘が大学を出た年に終わった。後の女房の利栄には自分の会社を手伝わせ、結構裕福に暮らせている。浮気もしているらしく、時々利栄からは怒りの電話が掛かっているが、何とか収まってしまう。

住居は都心のマンション３ＬＤＫ、五十六歳の今も自分でスポーツタイプの車を運転している。事業は発展するでもないが潰《つぶ》れるでもない。九州や北陸で農業者を組織化、特製の食材を作らせて、何百軒かのレストランに販売しているのだ。

「岡本君に欠けているのは教養だな」

と福島は思う。大学はおろか、高校時代の話も聞かない。天下国家を論じることも、哲学や文学を語ることもない。趣味は旅行と料理、家庭でも旅先でも「健康料理」を作ってくれるそうだ。

「好きを活かして商売をしてるんだな、岡本君は。だから新作もデザイナーなんか目指そうと考えたんだろうが……」

福島は、家路を歩みながらそんなことを考えた。そして、

「今日会った三友ＯＢたちが武士のなれの果てとすれば、岡本君は町人。武士は上下《かみしも》姿で威厳を整え、専門用語を使って部外者を恐れさせてはいるが、組織を離れればただの年金生活者、後の世代の世話になるしかない」

と考えた。そして、

「俺も、もう子供たちの心配をする年齢じゃないんだ……」

と呟いた。福島の現在の生活を支えるのは月三十万円余りの年金と資産の売却。退職金で買った株式の売却と豪ドル預金の喰い潰しで、今の調子なら二十年くらいは続けられる。

「俺と敦子の余生は年金と金融資産を喰い潰して過ごし、健平にはこの家を残してやれば十分だ」

福島はそう考えた。心配なのは相続税。今日の「三友OB会」でも相続税の話は各テーブルで行われていた……。

「ただいま……」

午後四時半、福島は自宅に戻った。来客もなければ、切羽詰まった仕事もない老夫妻の住まい――そんな静かな状態は変わらない。だが、何となくいつもと違う空気が漂っている。

「どうしたんだろう……」

福島は靴を脱ぎ、スリッパを履き、居間兼食堂の十六畳に入った。

「お帰り……」

いつものように妻の敦子は長椅子に座り、老眼鏡の上から福島を見て声を掛けた。手に高齢者向けの健康雑誌を持っているのもいつも通りだが、その表情には「異変」が感じられた。

「何かあったのか……」

福島がそう訊ねる前に、敦子は老眼鏡の上に出した目で部屋の隅《すみ》を指した。それにつられて福島も、その方に目をやった。そしてそこに蹲《うずくま》る褐色の小動物を見た。赤い襟巻きを着けたダックスフント、紛れもないお隣の柴田家の愛犬ヘレナだ。

「どう、どうしたんだ……」

福島は、ヘレナを見つめたまま訊ねた。

「隣の由紀さんが中国に移住するので、うちで飼ってくれないかって……」

敦子は無表情で応えた。

「へえ、柴田さんが中国に。どうして急に」

まず福島は、飼い主の事情を訊ねた。

「何でも御主人が共同経営者をしているエンジニアリング・コンサルタントの会社が、中国資本に買い取られて、本社も広東《カントン》に移すんだって。だから副社長の柴田さんの一家も広東に移住することにしたんだって」

「なるほど。柴田さん単身じゃなくて家族ぐるみでか……」

福島はそう訊ねながら、部屋の隅のヘレナの方を見た。褐色の小動物は、この会話の結果に自身の運命のかかっているのを知っているかのように、不安気な表情でこちらを見詰めている。

「もう日本では仕事がないから、永久の移住になりそうだって、由紀さんはいってたよ。子供たちも中国で教育するつもりだって」

「なるほど、そうかも知れんな。エンジニアリング・コンサルタントなんてのは、日本じゃ仕事が減ってるだろうな……」

福島はまず周辺事情から納得した。日本は人口減少が続き、高齢化が著しい。財政は極度に悪化し貿易も大幅な赤字。円は二〇一二年のピークに比べて対ドル相場で半値以下だ。当然、公共事業も縮小一方、全国至るところに廃棄された道路や橋梁《きょうりょう》がある。

「柴田さんとこのコンサルタント会社も、去年までは公共施設の改修事業なんかの仕事があったんだけど、今年はそれも打ち切りなんで従業員ぐるみ中国資本に引き取ってもらったんですって」

敦子は、由紀さんが持ってきたらしい企業案内のパンフレットを繰りながらいった。

「ふーん、中国も人口減少で経済は低成長になってるけどねえ……」

福島はソファーに座りながら呟いた。

「だから中国も東南アジアへの技術協力に力を入れてるんですって。何といっても各地の華人ネットワークがあるから強いらしいよ」

敦子は、由紀さんの受け売りを語った。

「なるほどね、中国の都市部は先進国都市型になってきてるからな、就業構造が」

と福島は呟いた。今日、「三友OB会」で聴いた経済評論家の講演でもそんな話が出た。

「ま、それで広東に移住するので、この犬をうちで飼ってくれないかって頼まれたのよ。主人に訊ねてみるといったんだけど、置いて行っちゃったの」

「ふーん、そういうことか……」

福島は頷いて、もう一度部屋の隅に繋がれた小動物を見た。それは身を縮めて蹲り、何とか気に入られようとするかのように、短い尻尾を自信なさ気に振っていた。

「うちが飼わなきゃ保健所行きだな……」

と福島は思った。このダックスフントには、地域猫ミーナのように路地を徘徊《はいかい》して餌を漁る能力はなさそうだ。

「ま、しばらく飼ってみるか……」

福島は少し考えた末、ぽつりといった。

「仕方がないわねえ……」

敦子もその結論に消極的な賛成を表した。テーブルの上に置いた夕刊には、

「日中戦争開始八十五周年

各地で贖罪《しよくざい》運動——一部に批判も」

という見出しが出ていた。

「ふーん、今度の加米の会は楽しみだな」

と、福島正男は呟いた。

その夜、ヘレナは哀し気な鳴き声を上げ、福島夫妻の睡眠を妨《さまた》げた。だが、敦子が柴田由紀さんから教えられたように、フライパンで床を叩いて大きな音を二度たてると鳴き止み、居間の隅に置いた寝箱に入った。

それでも福島は、様々な思いが込み上げて容易に眠れない。午前三時過ぎ、隣のベッドで眠る老妻に気づかれないようにそっとベッドを抜け出し階下に降りて、夕飯の残飯をゴミ箱から引き出して勝手口から投げ出した。そこには地域猫のミーナが行儀よく座って、それを待っていた。福島はそれでなんとなく心が安まった……。

翌朝十時半、ヘレナを連れて散歩に出ると、隣の柴田さんの前には「整理屋」らしいトラックが止まっていた。

「整理屋」というのは介護施設に移転したり死亡したりした高齢者の遺した家具や什器《じゅうき》、衣類を片付ける専門業者で、かなりの大手も育っている。全国各地の展示場や体育館では「ユーズド・ファニチャー&クローズ」の展示販売会が大流行り、その業種の所管を巡って厚生労働省と国土交通省と経済産業省と警察庁が激しい権限争議を展開している。

「いずれ柴田さんちの家具や衣服もああいう即売場に並ぶのかなあ」

　と思うと哀しかった。

　柴田家の戸口に来たヘレナは、やっと元の棲家《すみか》に戻れると思ったのか、短い脚に力を入れて手綱を引っ張り、入口のドアを引っ掻いたがドアは開かなかった……。


　午後三時頃、柴田勝雄、由紀の夫妻がお別れの挨拶《あいさつ》に来た。

「急なことで申し訳ありません。犬までお世話になります」

　柴田勝雄氏は、そういって様々なラベルの外国製ワイン十二本とバカラのワイングラス六個入りを床に置き、

「残り物で恐縮ですがお使い頂ければ幸いです」

　と丁重に頭を下げた。

　由紀夫人もヘレンドのコーヒーカップ六人分を差し出し、

「これはまだ使っておりませんので……」

　そしてそのあと、

「こちらはヘレナの餌の残りで……」

　とドッグフード二袋を床に置いた。

ヘレナは「やっと飼い主が迎えに来てくれた」と歓び、千切れるほどに尻尾を振った
が、柴田夫妻は一声もかけずに出て行った。その後ろ姿にヘレナは跳び付こうと短い脚で
懸命に立ち上がっていた……。

午後八時過ぎ、ヘレナを連れて夜の散歩に出ると、柴田家からは「整理屋」のトラック
も柴田夫妻の乗用車も消え、窓は真っ暗だった。それでもヘレナは、元の棲家に入ろうと
短い脚を踏ん張って玄関口まで福島を引っ張って行った。それを見て、地域猫のミーナが
素早く逃げ去るのが見えた。

「柴田さんの夫婦は、ミーナにもお別れの餌を置いて行ったんだな」

と福島は思った。

「さて、どうしたものだか……」

ヘレナとの散歩から戻った福島正男は、居間のソファーに座って考えた。明日、相談に
来る長女の利栄とその一人息子新作への返事を、である。

昨日の朝までは、

「絶対に大学に行け。デザイン・スクールなんてとんでもない」

と叱りつけるつもりでいた。おばあちゃんの敦子も、当然のようにそれに同意してい

た。

しかし、この二日間の経験で迷いが生じた。一つは「三友ＯＢ会」での話。

「企業年金の引き下げに同意して頂きたい。六十八歳までの定年延長で銀行の経営は苦しくなっています。新規採用も極力抑え、今年は三十五人、みなさんの頃には大学卒だけで百人以上、その他併せて三百人ほどでしたが、特に女子は途中退職者が多かったのでバランスがとれていました。今は男女とも永年勤続が増え年金負担が増える傾向にあります」

説明に立った三友住井銀行年金機構の専務理事はそう力説した。

「大企業に入れば生涯安定などというのは昔話。経済が成長せず若年人口が減少するこれからの時代には、いかなる企業も、公務員でさえ安泰ではない」

福島正男はつくづくそう思った。

それは突然に飼い主を失ったヘレナの姿とも重なる。安泰と思えた地位も今は簡単になくなってしまうのだ。

「そこへ行くとミーナは強い。耐乏生活に慣れ自活する術《すべ》を知っている。利栄の夫、岡本常安君のように自分の腕と頭で生きる方がいいかも知れない」

と思いだしていた。

（八）

「おじいさんとこ、犬がいるのか、いいなあ」

翌七月九日午後六時、母親の利栄と共に来た孫の新作は、居間に招き入れられるとまずそういった。高校二年生の十七歳、百七十五センチの身長とファッション・シャツを垂らした服装の割には子供っぽい。

「ちゃんと飼うんなら、連れて帰ってもいいよ」

福島は笑顔で応えたが、利栄は首を振った。

「うちは犬、だめなのよ。パパが異臭を嗅《か》ぐと食材選びを誤るというのよ」

「ほう、常安さんは厳しいのね」

おばあちゃんの敦子がいった。

「そうなのよ。夕飯をうちで食べる時は全部自分で作るのよ。一食一食が実験だといって」

利栄は溜め息混じりで応えた。

「前にもそれ聞いたけど、今も続いてるのかね、常安君のメシ作りは……」

福島は訊ねた。

「ひどくなってる」

と利栄は応じた。

「家で食事する時は必ず自分で作るのよ、二時間ぐらいかけて。私と新作は先に食べろというんだけど、パパが料理してるのにコンビニ弁当食べるわけにもいかないからねえ」

母親の利栄がそういうと、息子の新作も、

「やっぱりパパの料理はおいしいよ」

と頷いていた。

「私の料理はそれほどおいしくないかも知れないけど、折角だから食べてよ」

敦子は、そういって一同をテーブルに誘った。

食卓に並んだのはコンビニで買った鮭《さけ》の焼き物とハンバーグ、それにトマトサラダと味《み》噌汁《そしる》と御飯、老夫婦の夕食の定番だ。

孫の新作は、久し振りの祖父母との会食で緊張しているのか、おいしくないのか、多くを食べ残した。

「いやあ、パパの料理にはかなわんよな、常安君は本当に料理が好きなんだから……」

福島正男はそう呟いた末、少し間を置いて孫の顔を見詰めて問うた。

「新作、お前はデザインが好きか……」

「ハイ……」

しばらく間を置いて、高校二年生は自信なさ気に頷いて母利栄の顔を見た。

「この子は高校でも美術部だし、デザイン雑誌やグーグルの映像なんかもよく見てるのよ」

利栄は、わが子のために言葉を添えた。

「一日何時間ぐらい……」

福島はさらに訊ねたのに、新作は戸惑い顔で利栄の方を見た。そしてやがて自信なさ気に、

「毎日というわけでもないけど……」

と呟いて、わが膝《ひざ》に視線を落とした。

「それはなあ、新作。デザインが好きなんじゃなくて、友達や雑誌からデザイナーが格好いいと聞かされた結果、好きと思い込んでるだけじゃないのか」

福島正男は低いが厳しい口調でいった。

「ほんとに好きというのは、他人より長時間やっても疲れないことだ。お前のパパの料理みたいに。お前はデザインが好きじゃない。いや、何が好きか分かってないんだな、ま

だ」

「そうかも知れないね、新作……」

利栄も、長い背を丸めて項垂《うなだ》れるわが子の肩に手を置いて囁《ささや》いた。

「それなら、本当に好きなことが分かるまで、人生を決めるのは待て。とりあえず、再来年から四年間大学に行け。それから進路を決めればよいではないか。そうだろう、新作……」

福島は、自分でも驚くほどスムーズに言葉が出た。

「そうしなさい、新作……」

老妻敦子も言葉を添えた。

「最近は大学だって定員割れが多いんだからどこだって入るのは容易でしょ。そして好きなこと探しをしなさい」

「なるほど、大学なんて好きなもの探しの期間ね。パパが聞いたら歓ぶわよ、この結論……」

利栄は傍《かたわ》らで震えるわが息子を慰めるようにいった。

そんな三代の男女の姿を、部屋の隅から褐色の小動物へレナが緊張した眼で眺めていた。そして福島は、勝手口の外で地域猫ミーナが、じっと座っているのを感じた。

時刻は間もなく午後九時、いつも夕食の残りを投げ与える時刻である。

第五話

養護センターまで二千三百十六歩

——二〇二五年

2025

歴史の露頭

終戦80周年を迎えて

歴史学者　小林多久二

また「終戦の日」が近づいてきた。今年は「終戦八十年」に当たるためか、韓国や中国では盛大な行事が予定されているほか、アメリカでも韓国系中国系住民を中心に大規模な「リメンバー・パールハーバー&ジャパンズ・アグレッション」の運動が予定されている。

この運動の企画者の一人日系三世の下院議員マック・モトダ氏はいう。

「かつての日本侵略主義の直接の被害者はほとんど生存しないが、だからこそ反省と謝罪が必要なのだ。日本帝国主義が侵したのはアジアの個人ではなく、アジア諸国の文化と人権、それに世界の秩序だった」と語る。モトダ議員の選挙区はアジア系住民が多いという。

また、運動の組織部長のジャッキー・キムさんは「ドイツはナチズムを、ロシアはスターリン体制を徹底的に廃止しました。でも日本は侵略時代と同じ官僚主導が続いている。私たちが警戒するのは軍官帝国主義を生み支えたシステムが日本には残っていることです」と熱っぽく語る。

韓国の市民運動家リー・ホンドー氏は、「戦後八十年を機会に中・韓・日の同志と共に日本政府に対して謝罪の実を示させたい。今も日本では侵略時代と同じ非民主的な官僚支配が続いていることを世界に訴える必要がある」と語る。

歴史には「風化」と「露頭」がある。時と共に加害者も被害者も亡くなり、物証も失われる。ほとんどの歴史はそれを風化し忘れられてしまう。ナポレオン戦争での戦争被害や米英戦争の傷跡は一世代を経ずして風化、元の友好関係が甦った。キリスト教徒を弾圧したローマ皇帝は何人もいるが、ネロ帝の残虐さだけが露頭した。

二十世紀の数ある戦争の記憶がどんどん風化する中で、日本の起こした戦争行為だけが露頭している。

これには、日本の政府や外務省が議論を避けてきたことも、日本の一部マスコミが助長的な言論を行ったことも作用している。しかし、最大の理由は日本の体制が「試験エリートによる官僚主導」という先の戦争当時の制度を維持している点にある。

日本国民自身が政策決定者を選ぶ「真の民主主義」にならない限り、韓中をはじめとする「歴史批判」は消えないだろう。

（一）

「安楽《あんらく》養護センターはどっちでしょうか」

そう訊《たず》ねる女性の声に、古田重明《ふるたしげあき》はぎくっとした。つい先刻、ほんの十分ほど前に百メートルも離れていないところで、同じ声同じ言葉を聞いたばかりだ。

二〇二五年七月下旬の木曜日の午後三時、七十八歳の古田が、健康維持と退屈しのぎでやりだした自転車乗りの最中、東京明治神宮外苑《めいじじんぐうがいえん》でのことだ。

声の方を振り向くと、先刻と同じ顔があった。七分の白髪ながらも結い上げた頭髪は豊かで顔は色白、目鼻立ちははっきりしている。中肉中背、背筋は真っ直《す》ぐに伸びている。若い頃はかなりの美人だったかも知れない。

服装は灰色の長袖ブラウスに黒ズボン、夏らしい簡易な姿だが汚れてはいない。

「俺と同じ年頃かなあ……」

古田はついそんなことを考えた。

訊ねている相手は、六年前に新装なった巨大な国立競技場で行われるイベントに来たらしい青年二人連れだ。

「ちょっと待って」

二人連れの長身の方がポケットからアイフォーンを取り出した。もう一人、短軀《たんく》肥満の青年も相棒の手元を覗《のぞ》き込んでいる。

「安楽養護センター……、あったあった……」

十秒か十五秒で、そう叫んだのは短軀肥満の方だ。

「ここだよ、ここ……」

相棒の掌《てのひら》に載るアイフォーンの画面を指差して呟《つぶや》くと、長身の方が、

「ここなら……」

と老女の方にアイフォーンを見せて説明しだした。

「今、いるのはここ、安楽養護センターはここ。だから、この道を真っ直ぐ行って四つ目の辻《つじ》を右に曲がって、二つ目の辻を左に入って突き当たりを少し右に寄って、斜め左に行けば左側に安楽養護センターがありますよ」

青年たちの説明は丁寧だった。数メートル離れて、自転車に跨《また》がって聞いていた古田にもよく分かった。

「この頃の若者は親切だな。先刻の警備員の説明は分かり辛かったかも知れんが……」

古田はそう思った。先刻、同じ女性が道を訊ねたのはイベントのために配置された群衆

整理の警備員。親切にも仲間と相談して教えていたが、言葉がたどたどしい。高齢化と人口減少の著しい日本では外国人労働者が多く、イベント警備などは大半がそれだ。年老いた女性には、その言葉が分かり難《にく》かったとしても不思議ではない。

「ありがとうございました」

女性は丁寧に礼をいって、青年たちが指差した下り坂をしっかりした足取りで下っていった。

古田はそれを見届けると、自転車で巨大な国立競技場を一周、銀杏《いちよう》並木通りを走った。夏の晴天の午後、時速二十キロほどでママチャリを漕《こ》ぐのは高齢者に適したレジャーだ。東京都新宿区住吉町《しんじゆくくすみよしちよう》のマンションに住む古田重明には、一キロ余りのここ明治神宮外苑が最適のサイクリング・ロードである。

週末には、国立競技場でスポーツ大会や巨大音楽会があるし、時には外苑広場で仮設会場を設けて展示即売会が開かれたりする。そこに押し掛ける群衆を見ると、「日本もまだ活力がある」と安心することができる。

もちろん、自転車漕ぎの人も多い。週末には数百人、ウィークデーでも百人はいる。だが古田重明はその仲間には加わらない。一つには、自転車乗りの技を競う気がないこと、もう一つには、乗っているのが四段変速のママチャリ、自転車趣味の連中のような高級自転車には関心がないからである。

この日も古田は、独自のペースでママチャリを漕いで約二十分、元の日本青年館横に戻った。そしてギョッとした。先刻の女性が、同じ場所にいたのだ。

「安楽養護センターはどこでしょうか」

今度の相手は中年の女性だ。

「さあ、私、ここの者じゃないので……」

急ぎの用があるらしい中年女性は、迷惑そうに応えていた。年老いた女性は困惑気味に次の相手を探している。それを見て古田は、

「おばさん、俺が送るよ。安楽養護センターまで」

と申し出た。

「ありがとうございます。そうして頂ければ」

老女の言葉は丁寧で声は澄んでいた。古田が歩道脇に自転車を立て掛けるのを見て、訊ねられていた中年女性も安心したように小走りで去って行った。

「安楽養護センターではね、勝手に外出しちゃいけないというんだけど、一日中部屋にいるのは退屈でねえ……」

老女は、歩きながらそんなことをいい出した。

「三年前に主人が死んで、息子が安楽養護センターの個室に入れてくれたんだけどねえ。一人で外出しちゃいけないって、介護士さんが椅子に縛りつけちゃうのよ」

老女は盛んに嘆いた。

「こんな元気な人を縛りつけるとはひどいな」

古田はつい老女に同情した。そしてそんな養護センターに老女を独り入れている息子の冷淡さにも憤《いきどお》りを感じた。

「おばさんの御主人って、何をしていたの」

古田は肩を並べて坂を下りながら訊ねた。

「主人はヨッサン自動車に勤めてたのよ。ずうっと……」

老女はしっかりとした目付きで古田を見返していった。

「アメリカに駐在したこともあるのよ、ロサンゼルスに」

「へえ、俺もニューヨークにいたことあるんだよ。毎朝《まいちょう》新聞の特派員で……」

古田はそんな自己紹介をしてから、

「おばさん夫婦がアメリカにいたのは何時《いつ》頃なの」

と訊ねた。古田にとっても海外駐在は語りたい話題なのだ。

「一九九一年から九三年。ロサンゼルスのサウス・グランドアヴェニュー一六一五番地、日本総領事館の近くでね。広いお庭にプールまであったのよ。主人は合弁会社の技師長で、私も支社でタイプ打ったりしてたんだけど。まだパソコンなんかなかったからねえ」

「じゃあ、俺と入れ代わりだ。俺は八七年から九一年までニューヨークにいたの。マンハッタンの高層マンションに住んでたんだよ」

そういいながらも古田は、この老女への同情を募《つの》らせた。

「じゃあ、お子さんも一緒だったの、ロスでは……」

「そう、上の娘は地元の高校へ行って、下の息子は日本人学校の中学生でしたよ」

老女は楽し気《げ》に語り、坂を下り横断歩道を渡り、陸橋を潜って上り坂を進んだ。ゆっくりだが確《しっか》りとした足取りだった。

「おばさん、古いことをよく憶《おぼ》えてるね」

古田は感心してみせた。だが老女は、

「古いことはよく憶えてるけど、新しいことが分からなくてねえ……」

と嘆いた。

「この頃のテレビはおもしろくないし、ゲームもダンスもできないし、本当に退屈なんだよ、毎日が。こんな天気のいい日には外に出たくなるのよね。けど、一人で出ちゃ叱られるしね、辛いわよ……」

「どうして外出しちゃいけないというのかな。養護センターでは……」

古田は義憤をこめて呻《うめ》いた。

「危ないというのよ、一人で出たら……」

老女はすらりといった。

「この前も帰り道が分からなくなってね、交番に連れて行ってもらったら迎えに来てくれたんだけど、そのあとは椅子に縛られてね、一人で出たら危ないからって……」

「ふーん、なるほどね……」

今度は、古田も納得した。養護センターの立場になってみると、帰り道に迷うような老女を一人で外出させたくないのはよく分かる。その都度迎えに行くのは手間だし、万一事故でも起こされては責任問題になる。身体健康だが認知症気味の老人を安全確実に養《やしな》うために考えだされたのが「外出禁止」、それを守らない者は椅子に縛るしかない、というわけだ。

そんなことを考えているうちに二人の老人は「四つ目の辻」に来た。先刻の青年たちがアイフォーンで右折を指示したところだ。

「ここを右に折れるんだよ、おばさん」

古田が笑顔でいうと老女は、

「ありがとうございます。ここまで来れば大丈夫ですから」

といった。

「いやいや、安楽養護センターまで送るよ」

古田は当然のようにそういうと、老女は、

「じゃあ、裏口の脇までにして下さいよ。一人で外出したのが分かると、また縛られるから」

と囁《ささや》いた。

「分かった、分かった、そうしますよ」

古田は頷《うなず》いて右に曲がり、二つ目の辻を左折して突き当たりを右寄りに進んで斜め左に入った。安楽養護センターは四階建てのビル、元はマンションだったものを改造したような造りで、一階の一部は医院になっている。外観はきれいで豊かな人々の住む幸せな老後の館《やかた》に見える。

「私《わたし》やね、あの駐車場の脇からそっと入るからね、貴方様《あなた》は黙って行って下さいね」

老女はそういって、古田の脇から離れた。古田の腰に吊《つる》した万歩計では二千三百十六歩。

「自転車を置いたところまで戻れば四千五百歩になるなあ」

古田重明は、来た道を戻りながらそう思った。何だかいいことをした気分だった……。

（二）

「あなた、今日は随分長く乗ってたのね、自転車に。この暑い時期に無理しちゃだめよ」

午後五時過ぎ、住吉町のマンションに戻ると、妻の利子《としこ》がそんな言葉で迎えた。

「いやあ、神宮外苑でおもしろい人に出会ってね、つい話し込んでいたんだ」

古田はそんないい方をした。七十八歳の今も初対面の女性に興味を持ったとはいい難《にく》い。

「相変わらず好奇心が旺盛ね」

妻の利子は皮肉っぽくいった。かねてから「何でも見てやろう」型の古田重明の好奇心を長所とも欠点とも利子はいう。

古田は風呂場に入って、汗に濡れたシャツを脱ぎながら昔を思い出していた。

一九四七年六月、福岡県南部の小都市で生まれ育った古田は、自らを「戦後の歴史を目《ま》の当たりにしてきた世代だ」と思う。

古田重明の父親は石炭会社に勤務、古田が小学校に入った頃は羽振りがよかった。ところが、四年生になる頃から石炭産業が急激に衰え、中学に入る頃には整理解雇を巡って大争議が生じた。いわゆる「三井三池《みついみいけ》争議」である。古田の父親は三井三池とは別の企業の管理職だったが、同業者としては他人事《ひとごと》ではなかった。その頃は「産炭地」と呼ばれた北九州一帯が争議の雰囲気に包まれていた、といってもよい。

幸い、古田重明の父親は、企業を転々と変わりつつも一九七六年に六十歳になるまで勤め、そのあとは地元で建設業に勤める兄と共に家庭菜園ほどの農業をして暮らした。古田重明自身は一九六六年に地元の高校を卒業して早稲田大学政治経済学部に進学した。

高校生の頃から政治と労働運動に関心を持っていた古田は、学生運動にも深く関わり東大生の運動家加藤清一《かとうせいいち》とも知り合った。その上、生活費を補《おぎな》うアルバイトにも精を出し、マージャンにも打ち込んだ。そのせいか、卒業には五年を要した。古田が大学生らしい教養を学んだのは、学生運動が下火になった五年目ぐらいだ。

それでも大学での成績は良かった。文章力と英語の出来が良かったからだ。そのお蔭《かげ》で、当時は人気就職先だった毎朝新聞に採用され、希望通りの編集局に回された。

「世論の力で国政を変えてみせる」

今も大切に保存している毎朝新聞入社当時の手帳には、そんな文字さえ残っている。

就職直前の一九七一年三月、東大生の加藤清一から「カナダ・アメリカ十五日間の旅・学生割引」に誘われた。海外旅行の珍しかった当時、十五日間のカナダ・アメリカの旅は魅力的だったが、三十五万六千円の旅費はいかにも重い負担だ。

それでも古田は福岡の父親に十万円を借り、下宿代を二ヶ月滞納し、アルバイトや賭《か》けマージャンで稼いだ貯金をはたいて参加した。

この旅で好奇心旺盛な古田は、ニューヨークのウエストサイドで白人女性とも触れ合った。この旅はそれぞれに思い出深く、その後も同行の学生たちとは長く付き合うことになる。「加米《カメ》の会」と称する会合を今に至るも何年かに一度開いているのだ。

毎朝新聞入社三年目の七三年四月、古田は奈良支局への転勤を命じられた。奈良県はさしたる問題もなければ有力政治家もいないだけに、政治部志望の古田には不満な配属だったが、赴任して一年で奈良の地に惚《ほ》れ込んだ。一つには温厚にして複雑な人情、二つには古き文化、そして三つには千野《ちの》利子に出会ったことだ。

千野利子は古田と同じ年に大阪府で生まれ、京都の大学で美術史を修め、奈良の文化財団に勤めていた。「いかにも上方女性《かみがた》」といえるような色白でほんわかとした表情の女性だった。しかし、歴史や社会については過激なほどにはっきりした意見を持っていた。例えば、「日本史で誇るべき時代は三つだけ。奈良時代と戦国時代と明治大正。いずれも二世代程度しか続きませんでした」といった。また、「古来日本は女性の力の強い国、日本の女性の地位が低いというのは江戸時代の武士社会しか見ていないからですよ」ともいった。

古田重明は、そんな千野利子に惚れ、はじめは時々褥《しとね》を共にし、やがて同棲した。

（三）

古田重明が、奈良支局で千野利子と同棲して文化議論に耽《ふけ》っていた一九七三年から七六年にかけて、日本の政界は大荒れだった。

一九七二年七月には、長かった佐藤栄作《さとうえいさく》内閣が終わり、その跡には田中角栄《たなかかくえい》が内閣を組織していた。

新潟《にいがた》県の片田舎二田村《ふただむら》（現在柏崎《かしわざき》市）に生まれて貧しい境遇から身を興し、大学も出ずして五十四歳の若さで総理大臣になった出世人生は、「今太閤《いまたいこう》」と呼ばれ絶大な人気を得ていた。

与党の自由民主党は絶対多数で政治基盤も磐石《ばんじゃく》に見えた。田中総理を支える田中派は百人を超える巨大派閥だった。

その上、田中総理の政策、日中国交回復と日本列島改造論も国民の圧倒的な支持を得ていた。このため、巷《ちまた》には「田中長期政権」を予想するものが多かった。

若い新聞記者古田重明もその一人、「当分の間は政局は安定、ゆっくり文化に親しみ記者としての修業をする時だ」と考えていた。

しかし、古田が奈良支局に着任して六ヶ月ほど経《た》った七三年十月、中東ではじまった小さな戦争（第四次中東戦争）が、日本の社会情勢と政局を変えた。イスラエルの近代装備に軍事的に対抗できないアラブ諸国は、石油輸出禁止戦略を発動、日本の石油輸入も減りだしたのだ。

「石油の輸入が止まると自動車も動かず電力もできなくなるだけではない。鉄も紙も肥料も合成繊維もできない。耕運機が動かなければお米も作れない」

そんな不安が瞬《また》く間に巷に拡《ひろ》がり、トイレット・ペーパーや洗剤の買い溜めがはじまった。

「大阪のスーパーでは大行列、トイレット・ペーパーが品切れだそうだ。奈良はどうか」

東京の編集局からはそんな取材要請が来た。新聞社でも折り込み広告が激減して配達所の収入が減少した。

慌てたのは、一般消費者や新聞社だけではない。誰よりも慌てふためいたのは政府だ。田中角栄総理大臣は「石油を買うのには金に糸目をつけるな」と大号令、中曽根《なかそね》通商産業大臣は欧米企業から没収したリビアの国有化石油を高値で買い取り、米英の顰蹙《ひんしゅく》を買った。日本は戦後三十年近く堅持してきた日米同盟と西側陣営帰属の方針を一瞬にして放擲《ほうてき》、アラブ寄りの外交に転換したのである。

そんな中で田中角栄総理大臣の人気は急降下、「日本列島改造などといって新幹線や高速道路に血道《ちみち》を上げ、原子力発電の建設を疎《おろそ》かにした」と非難された。

そのためか、自由民主党内の政争は激化、福田赳夫《ふくだたけお》や三木武夫《みきたけお》が内閣を去った。七割もあった田中内閣の支持率は、たった数ヶ月で二割以下にまで急降下した。

石油危機から一年経った七四年十一月、田中総理大臣は内閣を再び改造、大蔵官僚出身の大平正芳《おおひらまさよし》を同年七月に外務大臣から大蔵大臣とし、急遽《きゅうきょ》電源開発促進税法などの電源三法を成立させ、柏崎刈羽《かしわざきかりわ》原子力発電所への補助金に充《あ》てることにした。

こうした動きは、奈良支局には紙面でしか伝わってこない。東京出張の度に政局政策の慌《あわただ》しい変化を知るにつけても、古田は「早く政治部に入りたい」と焦ったものだ。

「水に落ちた犬を打て」

これは、その頃真っ最中だった中国の文化大革命で毛沢東《もうたくとう》主席支持派の唱えた標語だが、日本のマスコミもその通りのことをした。

石油ショックで田中角栄総理の人気が下落すると、七四年秋には、田中角栄の女性スキャンダルや金銭疑惑を暴露する雑誌記事が出た。「今太閤」の田中角栄も、今や「水に落ちた犬」でしかなかったのだ。

古田重明は、内心そんな田中角栄に深く同情した。しかし、間もなく田中総理自身も辞意を表明した。

「これは大政変、いや革命かも知れんぞ」

若き奈良支局員古田重明は、興奮気味に同棲者の千野利子にいったものだ。しかし、利子は冷静に、

「そうそう世の中は変わらへんよ。田中さん一人が失脚しても大したことあれへんわ」

と嘯《うそぶ》いた。

それでもその後の進展は、若きジャーナリストの古田を興奮させるのに十分なスリリン

グなものだった。

田中角栄総理の後継を巡っては激しい駆引きがあり、自由民主党副総裁の椎名悦三郎《しいなえつさぶろう》の裁定によって、反主流派の小派閥の長、三木武夫が党総裁に就任し、総理に任命された。つい二年前の自民党総裁選挙では、四人の立候補者の中で四位に甘んじた人物である。

(四)

「あなた、先刻、四時頃だけど、小堀《こぼり》さんから電話がかかってきたわよ」

汗に濡れた下着を脱いでシャワーを浴びて居間に出ると、妻の利子がそんなことをいった。

「小堀さんって、小堀作三《さくぞう》君のことかね」

古田は敢えて念を押した。小堀作三は十歳年下の毎朝新聞の後輩、それも駆け出しの頃から取材の仕方や記事の書き方を教えた相手だ。いや何よりも退職後に古田が勤めた高齢者向けの雑誌「あれそれ」の編集長ポストを譲った相手である。小堀の方もそれを恩に着てか、時には原稿依頼もしてくる。

「また小堀が何か仕事を……」

七十八歳の古田は、そんな期待を抱いた。

「じゃあ、小堀君に電話してみるか」

古田は居間の棚に置いた無線子機を取り上げたが、利子は、

「明日にしなさいよ、もう六時半、小堀さんも帰ってるわよ」

と制した。

「それもそうだな、急ぐ用件なら向こうからかけてくるよな」

古田はそう呟いて子機を棚に戻した。電話してみて失望するのが怖かった。

古田重明は、「家族以外で俺の人生に大きな影響を与えた人物が三人いる。田中角栄と小堀作三と荒木村治《あらきむらじ》だ」と思っている。この三人は、古田の人生への関わり方もその時期も異なるが、古田自身の主観では縦一列に並ぶ存在だ。

一九七五年六月、古田重明は東京に転勤になった。与えられたポストは農林省詰めの記者クラブだ。何よりも、まずしなければならなかったのは、千野利子のための職場探しだった。

三ヶ月ほど後にそれは見つかった。小さな出版企画会社だったが、利子はこれに満足、東京に来て古田との同棲を続けた。まずは家賃の安い台東区《たいとうく》のアパート、六畳二間と板の

間の台所、バストイレ付き十二坪（四十平米）からの出発だった。

一九七〇年代の中央官庁は時間無制限、それに付き合う新聞記者も同様だ。朝は十一時頃に出勤し、夜は午後十時、十一時まで詰める。

国会質問や新政策の動向を探るのには官僚、とりわけ「キャリア」といわれるエリート官僚と親しくなるのが有利だ。それには足繁く各局各課を回って雑談にふける。時には飲食を共にして情報を交換する。だが、何よりも効果的なのは官僚の意向を、いかにも「世論」の如《ごと》く書いてやることだ。それが「観測気球」にもなり、世論形成にもなるのである。

古田重明は、農林省の記者クラブに二年半ほどいた。一九七五年六月から七七年十二月までだ。

この間にはロッキード事件が発覚、七六年七月には田中角栄元総理大臣が逮捕される事態も生じた。その頃の古田は、新聞論調そのままに田中の有罪を信じ、汚れた政界の浄化と過疎化する農村の援助こそ第一と信じていた。

一方、政界に吹き出した「三木降ろし」の風には批判的だった。派閥解消や政治資金の規制など従来の自民党とは一味違う政治を試みた三木武夫は、党内での評判が悪く、結局二年で総理の座から引きずり降ろされ、福田赳夫に代わった。

そしてその福田赳夫も、二年後には田中角栄の支持する大平正芳に、自民党総裁選で敗れて退陣した。

「何だか元に戻ったみたいだな。田中角栄の支援する大平が総理になるんじゃあね」

子供の頃から三井三池争議や産炭地の疲弊を見てきた古田には、一周したような政局が腹立たしかった。

この間、古田重明はかねて同棲中の千野利子との婚姻届けを提出、正式の夫婦となった。利子が身籠《みごも》ったからだ。

（五）

一九七八年はじめ、古田重明は担当が変わった。自民党付きとなり、田中派を担当することになった。住居も北区《きたく》の団地に変わった。

同年三月、利子は女児を出産、出版企画会社を退職した。一九七〇年代の当時は、出産すれば女性は勤めを辞めるのが普通だった。利子は生まれた子を「久仁《くに》」と名付けた。古田は「男のような名だ」と思ったが、敢えて異論は唱えなかった。国文学の知識では利子が上だ、と信じていたからである。

その頃の田中派は奇妙な集団だった。田中角栄自身はロッキード疑惑で起訴されて党籍離脱していたが、田中派は所属議員が百人を超え巨大な力を持ち続けていた。この派閥を牛耳《ぎゆうじ》る田中角栄を世間は「闇将軍」とも名付けた。

「何とも不思議なことだ。派閥とは何なのか。政治資金がどうして角栄の下に集まるのか、なぜ田中派は選挙で強いのか」

古田は政治に数々の疑問を持った。

だが、永田町《ながたちよう》の自由民主党本部や田中派の本拠の砂防会館《さぼう》、そして田中角栄の目白《めじろ》の私邸に通ううちに、その仕掛けが分かってきた。

田中角栄がバラ撒《ま》く巨額の資金は、田中派幹部からの上納金であり、大臣ポストや選挙応援の見返りでもある。田中派の真の強さは、数十人とも百人以上ともいわれる秘書団にあり、彼らが身に付けた選挙技術にある、と古田は悟った。

徐々に古田重明は仕事を超えて田中角栄とその派閥に入れ込むようになった。

その頃は、誰もが「闇将軍」田中角栄とその派閥に関する話を聞きたがった。古田にも講演や座談の申し込みが多かったし、執筆依頼も沢山《たくさん》あった。古田は、毎朝新聞の内規に抵触しない限りで、それらをこなした。当然、幾分かの所得もあったし、高級クラブやレストランに誘われることも多かった。時にはクラブのホステスと情を交わすこともあったが、深入りはしなかった。

そんな時、大学時代の学生運動仲間で卒業直前にカナダ・アメリカの旅を共にした加藤清一から、

「五回目の加米の会を開きたいんだ。みんな君の話を期待しているぞ」

という誘いがあった。東京大学法学部を卒業して厚生省の官僚となっていた加藤清一は、その頃は水道建設を担当する課長補佐になっていた。

「いいよいいよ、今度は必ず出席するよ」

北区の公団住宅にかかってきた電話にそう答えたのを、古田は「昨日のこと」のようによく憶えている。一九七九年十月の総選挙で自民党が議席を減らし、「四十日抗争」といわれる派閥争いの真最中のことだ。

「福田派、三木派の横車を押し返して、必ず田中・大平派が勝つ。今度の選挙で自民党は議席を減らしたが、田中派は減っちゃあいない。相対的には強くなってるんだよ」

「加米の会」でも古田はそう力説したが、大阪の弁護士石田光治《いしだみつはる》からは、

「刑事被告人に日本を支配させていいのかね」

と皮肉られた。

「いやあ、ロッキード事件はアメリカの陰謀だよ。日中国交回復を実現し、アラブ寄りの政策を推《すす》めたことで、田中は国際石油資本が支配するアメリカ政府に睨《にら》まれているんだ」

古田はそう力説したが、そのことで古田は自分が深い田中シンパになっていることを悟った。

翌一九八〇年は、日本にとっても古田個人にとっても記憶に残る年だ。この年五月、大平総理大臣は衆議院を解散、衆参同日選挙に打って出た。

「衆参同時選挙なら投票率が上がるから自民党に有利だ。田中角栄ならではの戦略だよ」

古田は声高にそんなことを語って回った。

この選挙の最中に、大平総理大臣は心臓病に倒れて死去、その同情票もあってか自民党は圧勝した。

新たな総理大臣には、大平派の鈴木善幸《すずきぜんこう》が就《つ》いたが、もとより田中角栄の影響下にあった。田中角栄とその派閥は「選挙で勝ってスキャンダルで負ける」といわれたが、この時は大平総理の死を乗り越えて勝ち続けた。

二年後の一九八二年四月、古田重明には転勤の打診があった。「運輸省詰め記者クラブ

のキャップ」というものだ。三十四歳の記者には十分な厚遇だったが、古田は、

「田中番に留まりたいのですが……」

と政治部長の徳田行安《とくだゆきやす》に申し出た。

「記者は政治家に肩入れせぬ方がよい。それに示された人事を拒《こば》んでは大変不利になるぞ」

徳田政治部長は怖い顔付きでそんなことをいった。古田はこの時、毎朝新聞を退職する覚悟さえしたものだ。

ところがその翌日、同じ徳田政治部長が笑みをたたえて「やっぱり君は田中番がいいよ、田中番のキャップで頑張ってくれ」といった。拍子抜けするような豹変振りだ。

次の日、同僚の一人から「古田さんの希望を知って田中角栄自身が徳田部長に電話してきたんだよ」と教えられた。これが事実かどうかはともかく、古田重明は田中角栄のきめ細かい配慮に感激した。このことがあってから、古田は益々角栄が好きになった。

その年の十一月、田中角栄が力を入れていた上越《じょうえつ》新幹線が開通、古田もその一番列車に招待された。この列車に招待された人々はみな、田中角栄の功績を讃え、「これで新潟も発展する。日本海側の過疎化も止まる」とはしゃいでいた。

その直後、鈴木善幸総理大臣は二年の在職期間を終えて退陣、その後継を巡って自民党はど派手なパフォーマンスを行った。「次の総裁を全国の自民党員の直接選挙で決める」というのだ。

「これも角栄さんの知恵だ。得票を増やそうとする次期総裁候補は知人や支持者を党員にして、党費を払う。宣伝と資金集めの一挙両得だよ」

古田重明はそう評した。結果は田中派の支持した中曽根康弘《やすひろ》が圧勝して組閣したが、マスコミはこの内閣を「田中曽根内閣」と揶揄《やゆ》した。それでも古田は、

「むしろ当然。世論は田中角栄とその派閥を支持してるんだから」

と強調した。その頃の古田重明は「田中支援記者」になり切っていた。田中角栄の周囲には居心地のよい雰囲気が立ち籠めていたのである。

一九八五年の正月、古田重明は目白台の田中角栄邸の年賀の会に参加した。古田がこれに出席するのは三回目だったが、この年は新たに田中番に加わった小堀作三を伴った。小堀は十年後輩、一九八一年に毎朝新聞に入社し、静岡支局勤務を経て田中番に加わった新鋭だ。

小堀ははじめて見る田中派の年賀の賑《にぎ》わいに驚き、

「刑事被告人の角栄がこれほどの国会議員や財界人を集める日本の政界とは、どういうところなんでしょうね」と呟いた。これに対して古田は、

「これだけの支持のある田中さんを刑事被告人にする日本は本当に民主主義なのかな」と切り返した。

しかし、この頃には流石《さすが》の田中派にも微妙な変化が生じていた。刑事被告人の田中角栄は総理総裁になることができない。だが、田中を差し置いて派内の誰かを推すこともない。田中が派閥の実権を奪われるのを恐れて拒むのだ。

実際に年賀から一ヶ月余り、田中派の大幹部竹下登《たけしたのぼる》蔵相が同志と共に「創政会《そうせいかい》」を結成した。田中角栄は大いに苛立《いらだ》ち、酒量も増えた。それから二十日後の二月二十七日、田中角栄は脳梗塞《のうこうそく》で倒れて入院する。四ヶ月後の六月、砂防会館の田中事務所は閉鎖され、「田中政治」は幕を閉じた。

田中派の呆気《あっけ》ない終焉《しゅうえん》で、古田は「餌場を失った犬」のような心境になった。そんな古田に、十年後輩の小堀作三は次のような話をした。

「日中国交回復の際、周恩来《しゅうおんらい》中国首相が田中さんに『言必信行必果《げんかならずしんぎょうかならずか》』という書を与えたんですよ。これは論語の中の言葉で『その言葉は必ず真実であり、やるべきことは必ずやる』という意味です」

「ほう、周恩来も田中さんを評価していたんだな」

古田は頷いたが、小堀は首を振った。

「実はこのあとに続く言葉があるんですよ。『硜硜然小人也《こうこうぜんたるしょうじんなるかな》』、『それだけなら人物として小さい』という意味です。毛沢東や周恩来は、田中さんを教養のない小物と見ていたんですよ」

「うーん」と古田重明は呻《うめ》いた。

「一世を風靡《ふうび》した政治家・田中角栄も去ってみると、高度成長の波に乗っただけの小物だったのかも知れない。最早、成長を誇る時代ではなくなっているのだ」という考えが、古田重明の頭の中で拡がりだしていた……。

（六）

「ただいまあ……」

午後九時、そんな声がして娘の久仁が居間兼食堂に入って来た。新宿区住吉町の古田家の住居は築三十五年の３ＬＤＫ九十平米、二〇〇二年に中古で買ったマンションだ。中心の居間兼食堂の十六畳、そこに入って来た久仁は、手に大型の布袋を抱えている。ノート型パソコンや二台のアイフォーン、何やらの紙綴りに折たたみの傘まで入っている。

「久仁、御飯は……」

妻の利子が訊ねたが、娘の久仁は黙って首を振った。毎晩繰り返される儀式のようなものだ。

久仁は一九七八年生まれ、身長百七十センチ体重五十八キロ、「平成人」らしく顔は小さく脚が長い。イェール大学にも留学した才媛だが、四十七歳の今まで結婚歴がない。

職業は通信社に籍を置く翻訳家。主な仕事は学会資料の翻訳だが、訳本の出版もある。中でもアメリカの心理学者レイチェル・マッカーシー著の『老人心理の探究』はベストセラーにもなった。単行本で四万部、文庫本で十万部、そして電子書籍で四十二万回も読まれている。

「その割には収入にならないのよ」

と久仁は嘆く。

単行本は四千円だが文庫本は千八百円、電子書籍は一回の購読料が四百円で著者と翻訳者に一割ずつ分けられるが、大した金額にはならない。久仁の収入は全部で五千八十万円、物価が上がった今では中堅サラリーマンの二年半分の給与に過ぎない。

発行部数に応じて印税を支払う日本では、印刷製本が合理化されれば、印税の総額も下がる。特に電子書籍は読まれた回数だけで、「とにかく買っておこう」という「つんどく（積読）」の売り上げがないから、著者や翻訳者には厳しい。

「日本の印税制度は出版社のカルテルで統一されてるからね、アメリカやヨーロッパでは自由契約の原稿買い取り制でしょ。だから『売れる』と見ればドカッと前払いして版権を取っちゃうのよ。これでは日本の文化が滅んじゃうよ」

久仁はそんなことをよくいう。

「確かにそうだが、日本では新聞社も出版社も経営が厳しいからな」

古田は娘の苦言に、そんないい訳じみた返答をするのが常だ。

とはいえ、古田自身にも「官僚統制と業界カルテルで日本の文化や経済が滅びる」という認識はある。多くの人々が危惧《きぐ》しながら変えられないタブーの一つだ。

「昔はよかった。俺が政治部のデスクだった頃は新聞全盛だったなあ……」

と古田は昔を振り返った。

一九八五年三月、古田重明は政治部デスクに転じた。現場取材の記者が送ってくる原稿に筆を入れ、適切な長さに整える役である。毎朝新聞政治部では三人のデスクが交替で朝刊と夕刊を見る。夕刊の締め切りは午後二時、朝刊は午前二時、政局の盛んな時期には二日に一度は泊り込みになる過酷な現場だ。

それでも古田には「空虚な日々」に思えた。

「他人の原稿をいじくるよりも、直《じか》に政治家に接して取材した田中番時代の方がやり甲斐《がい》があった」と古田は思った。そんな古田には、田中派から出た竹下派創政会を担当する後輩の小堀作三の原稿が輝いて見えた。

古田は、小堀の送ってくるニュースを極力大きく取り上げた。そのせいか、小堀作三は、竹下派に深く喰《く》い込み、同年九月の竹下大蔵大臣が出席した「先進五ヶ国蔵相・中央銀行総裁会議」にも随行した。世にいう「プラザ会議」である。

この会議でアメリカのレーガン政権は、それまでのドル高政策を捨ててドル安政策に転じ、特に日本に対しては円の対ドル為替を引き上げるように要請した。このことを日本の報道機関は「アメリカ経済の衰退・レーガン政策の破綻」と評した。そんな中でただ一人、小堀作三の原稿だけは違っていた。

「アメリカの転換――製造業より通信、観光」との見出しを付けて「レーガノミクスは成果を上げげつつある」と断じていた。

「これはおもしろい。小堀にコラムを書かせたら……」

古田はそう提案した。

「大蔵大臣随行の序《つい》でに十日間アメリカを回っただけの若手記者にコラムを書かすのかね」

徳田政治部長は、そんな皮肉をいいながらも古田の提案を拒みはしなかった。常にこの流儀で人に「借り」を感じさせ、やがて毎朝新聞の会長社主にまで成り上がる男である。

こうしてでき上がった小堀作三のコラムは大きな反響を呼んだ、というより大変な悪評だった。社内でも「通信や観光は所詮《しょせん》従属産業、大本の製造業が衰退したのでは長続きしない」との意見が圧倒的だった。

日本の政府官僚や国会議員の間でも「アメリカ衰退論」は盛んで、「円高で輸出が減少するのに耐えるためには景気振興策が必要」という点で意見は一致していた。

小堀の見方は政治部でも経済部でも孤立していた。それを敢えて支援した古田も居心地の悪い日々だった。

そんな中で、長かった中曽根政権が終わり、大蔵大臣の竹下登が総理大臣の座に就いた。

「大蔵大臣通算在任期間史上最長」を誇る財政通である。

「この機会に、アメリカの政治経済の実際を見たい。レーガン大統領の後継を巡る大統領選挙もつぶさに見たい」

古田はそんな希望を政治部の大ボス徳田行安に訴えた。

「ワシントン総局は満杯だが、ニューヨークでも良ければ。政治部を離れて経済文化の取材が主になるがね」

徳田は肥満体を揺すって笑った。相手を満足も失望もさせないのが徳田の流儀だ。

古田重明は受け入れた。妻の利子も喜んだ。公団団地住まいに飽き飽きしていたからだ。

「日本一般の世評が正しいか、小堀君の見方が正しいか、ニューヨークの現地で感じたい」

古田重明が、そんな思いを抱いてニューヨーク支局に着任したのは一九八七年十二月のことだ。まずは居をマンハッタンのイーストサイドの高層マンションに定め、日本人会に入った。そこには「加米の会」の仲間、三友《みつとも》銀行の福島正男《ふくしままさお》もいた。ニューヨークの日本人学校で、古田の娘久仁は、福島の長男健平《けんぺい》と同級生になった。

その頃の「ニューヨークの日本人会」は盛況を極め、政府高官や企業幹部が来る度に盛大なパーティーが開かれた。

円高のせいで日本人駐在員はみな高給取り、日本企業はアメリカの会社や不動産をどんどん買い取っていた。

「日本、ついにアメリカに勝つ」

「日本企業、アメリカを買い占め。映画会社もロックフェラー・センターも」

どこの新聞にもそんな記事が溢《あふ》れていた。

「小堀君は、アメリカに改革の芽が育っているとの説だが……」

古田は後輩の説を代弁したが、ニューヨーク支局長の渡辺英介《わたなべえいすけ》は鼻で笑った。

「小堀君は変わった新興企業人にばかり会っていたんだ。マイクロソフトのビル・ゲイツ。ジーパン姿で記者会見する男だ。アップル・コンピュータのスティーブ・ジョブズ。自分が興した会社から追い出されたよ。それにジャック・ウェルチ。伝統ある巨大企業のGEを消費者金融会社に変えた人物だよ。そんな連中で経済全体が支えられるものか。ゼネラルモーターズとかIBMとかUSスチールとか、アメリカの基幹産業は完全に疲弊しているよ」

またワシントン総局では、

「レーガン大統領の政策は失敗続き、やっぱり俳優に政治は無理なんだよ。来年の大統領選挙は民主党の圧勝だろう」

といわれていた。日本の自民党政権は共和党と親しいが、マスコミはリベラル派の民主党が好きだった。政治部の大ボス徳田行安はその典型だった。

この見方は、共和党がブッシュ副大統領を、民主党がデュカキス・マサチューセッツ州知事を大統領候補に選んだあとも、全く変わらなかった。異を唱えたのは、大統領選挙の取材に出張してきた小堀作三だけだった。

一九八八年十一月の大統領選挙では、共和党のブッシュ候補が圧勝、小堀の予測が当たった。それが小堀の政治記者としての生命を甦らせることになった。

古田重明のニューヨーク駐在中の最大の事件は一九八九年の冷戦構造の終焉だ。アメリカは戦勝気分に湧き、それを生み出したレーガン・ブッシュ政権の評価は急騰した。世界唯一の超大国となったアメリカは、遠慮なく中東に武力介入、クウェートに侵略したイラクのフセイン大統領の軍隊を叩《たた》いた。僅《わず》かな期間と損害で快勝したブッシュ大統領は「英雄」となり、その人気は最高に上がった。

古田重明がニューヨークを離れ、日本に帰国したのは、一九九一年四月のことだ。

「やっぱり俺と小堀君の見方が当たってただろう。レーガン・ブッシュの共和党政権は、『偉大なアメリカ』を復活させたぞ」

帰国した古田は、無遠慮にそういい捲《まく》った。赴任直後に「アメリカの貧困地帯を行く」を連載した記者、古田重明は、古巣の政治部に戻り、やがて政治部長の要職に就いた。今や「アメリカ式新自由主義」の信者となり、アメリカ風の自己顕示を身に付けていた。

一方、古田のアメリカ駐在中に日本では、正体不明の「リクルート事件」で竹下内閣が総辞職、跡を継いだ宇野宗佑《うのそうすけ》内閣も総理大臣自身のセックス・スキャンダルで短命に終わった。古田が帰国した時には「まさか」の海部俊樹《かいふとしき》が総理大臣になっていた。

「またしても日本は、非力な総理大臣を有力派閥が支える構造になっているのか。世界が冷戦後の再編成に入った大事な時に……」

そんなことを社内外でいって回った。しかし、古田の熱弁は社内の反感を買った。「どうも古田は自説に固執、予測の当たった功を誇り過ぎる」という評判が拡まったのだ。

そんな時、アメリカでは金融危機が発生、ブッシュ政権の人気が急落し、一九九二年十一月の大統領選挙では、民主党の候補クリントン・アーカンソー州知事に敗北した。

「やっぱり古田・小堀の観測は誤っていた。共和党政権は駄目だったのだ」

そんな評判が社内を駆け巡った。

九二年年末、古田重明は、政治部の実力者の徳田行安から、

「まあ、しばらく地方で心身を休めるんだな」

といわれた。渡された辞令は、「北海道支社長」だった。

一九九三年一月五日、四十五歳の古田重明は妻の利子と十四歳の娘久仁を連れて札幌《さっぽろ》に赴任した。同じ日、十歳年下の小堀作三も、神戸支局に赴任していた。

古田が去る東京では、海部内閣に代わって、宮沢喜一《みやざわきいち》を首班とする内閣ができていた。

「大蔵官僚出身のエリート政治家、英語の達人、知識豊かな国際派」――宮沢喜一総理大臣には様々な期待が寄せられていた。しかし、この内閣の時代に生じたことは、悲劇的だ。

第一は地価と株価の下落、つまり「バブル景気」の完全崩壊だ。第二は自由民主党の分裂と政権喪失、それから五年間の政界混乱である。そして第三は「韓国人慰安婦問題について、政府官憲の関与した証拠は見当たらない」としつつも「謝罪」の意を表したことだ。これがのちのち「日本は罪悪を認めた」と受け取られることになる。

古田重明は、自由民主党の政権喪失と非自民八会派連立の細川護熙《ほそかわもりひろ》内閣の成立という劇的な政局を直接見ることはできなかった。

「田中内閣の崩壊と角栄逮捕の時も東京にいなかった。俺は政治記者としては不運だ」と古田は思った。

しかし、新たに勤務した札幌の地にも、バブル景気の崩壊の痛みは鋭く伝わってきた。

補助金と公共公益事業の比率の高い北海道経済は、バブル景気の崩壊で深く傷ついていたのだ。

バブル景気の崩壊は毎朝新聞の経営をも傷つけた。毎朝では八〇年代末に東京の海寄りに土地を買い新社屋を建て、旧社屋を貸ビルにしていた。ところがバブルの崩壊で地価は下落、借入金だけが重くのし掛かってきた。

この経営危機を乗り切れたのは長く広告局長を務めた荒木村治の働きだった。

荒木は様々に紙面を工夫、広告スペースを増して収入を上げた。当然それは「編集権への介入」といわれ、編集局の大ボス徳田行安との対立を生んだ。

一九九五年四月、札幌勤務を終えて東京に戻った古田は、編集委員の閑職に回された。

「古田さんは編集局の少数派、つまり荒木広告局長寄りと見られているんですよ」

社内にはそんな噂《うわさ》が流れていた。

「そういえば、北海道支社にも流れてきた広告スペース拡大案に賛成したことがあったなあ」

と古田は思った。そのせいかどうか、荒木村治局長からは宴席の誘いがあり、住井《すみい》銀行の幹部と会食したこともある。そんな席には「阪神大震災取材班長」を特命された小堀作三も同席することがあった。古田は、ズルズルと社内政争に引き込まれていたのだ。

（七）

「あなた、小堀さんからまた電話よ」

妻の利子が、無線子機を差し出したのは午後九時半、夕食を終えた古田重明が見るともなしにテレビを眺めていた時だ。

「ほう、急ぎの用かな」

そう呟きながら古田は子機を摑《つか》んだ。

「ああ古田さん、お休みのところを相済まんが……」

小堀の声は低いが迫力がある。

「一度、天海光慈《あまみみつじ》さんに会っておかんかね、いや、先輩に是非とも会ってもらいたいんだ」

「何、天海光慈に……」

古田は、突然のことに驚き、敬称を飛ばした。天海光慈は、ＩＴ利用の予想クイズ会社「ピンポイント」の創業オーナーだ。

野球やサッカーなどのスポーツから囲碁将棋や選挙まで、いろんな種類の勝敗予測の投票を誘い、適中すれば「適中カード」を贈る。これが貯まれば賞品や観戦券が贈られる。特に人気なのは「予想の達人」なるテレビ番組への出場権だ。自己顕示欲の強い若者の間ではタレントと共にテレビ番組に出るのはなかなかの歓《よろこ》びらしい。「ピンポイント社」提供のテレビ番組は地方局やBS放送まで数えると、年間五百回以上になる。

そんなことが人気を呼んで「ピンポイント」の会員は今や一千万人、投票総数は五億回、収入総額は四千億円に達する。もちろん、このネットワークを利用して物販や旅行案内も盛んにやっている。

天海光慈は、売上額では中堅規模の新興会社の創業者オーナーだが、この人物の特異さは、出版、放送、新聞などのオールド・メディアへの執着である。

古田重明が「天海光慈」の名を知ったのは二〇一五年の春、何回目かの「加米の会」の直後だ。

当時、毎朝新聞の社友として雑誌に時々原稿を書く程度の身となっていた古田に、毎朝新聞の先輩で元広告局長の荒木村治から、

「俺が創刊した高齢者向け雑誌『あれそれ』の編集長になってくれないか」という誘いが

あった。

荒木は、徳田との社内政争に敗れて二〇〇五年に退社、自ら発行人となった高齢者向けの雑誌「あれそれ」を創刊していたのだ。

暇と活力を持て余していた古田は二つ返事で引き受けた。二〇〇九年と二〇一二年の二度の選挙で古い政治家は大方引退し、田中内閣以来の人脈も通用しなくなり、古田の政治記者としての知識と機能も衰えていた時期だったからだ。

「高齢者雑誌ってのは難しい。若い者が考える年寄り向きの記事を並べては売れない。高齢者は自分が高齢者だとは思いたくないものだ。それでいて役に立つ記事を欲している。古きを温《たず》ね新しきを知る風の記事がよい。案外未来予測などが好まれるよ」

荒木はそういって片頰を歪《ゆが》めた。「あれそれ」を創刊して丸六年、順調に発行部数を伸ばして来た自負が感じられた。

「これから編集は君に委《まか》せるがね、いくつかの分野は続けてもらいたい。歴史もの、旅行もの、健康もの、相続もの、それに勝敗予想だ」

といった。

「勝敗予想もですか……」

古田は意外な注文に驚き、

「そうだ、あれはなかなかの人気でね」

荒木村治はそういったあとで、顔を寄せて囁いた。

「わが『あれそれ』誌の実質オーナーはピンポイント社の天海光慈さんなんだよ」

「へえ、天海といえばネット利用の当てもの屋と思っていたが、活字メディアにも関与しているんですか」

古田は驚き叫んだ。

「いや、うちだけではない。大学堂《だいがくどう》も河上《かわかみ》出版も実質オーナーは天海さんだよ。自社で鍛えた経営人材を送り込んでいるよ」

と、荒木は応えた。

しかし、古田重明が「あれそれ」の編集長を務めた五年間、天海光慈は一度も姿を見せなかった。指示や注文を出すこともなければ、原稿を書くこともない。それどころか、新聞の取材も受けずテレビに出演することもない。その理由を荒木村治は、

「天海さんは、自分が出ると勝敗予想クイズに影響を与えかねないから、というんだ」

と説明した。恐らく天海の意向は、荒木をはじめとする数名の側近の名で送られてくるメールに反映されているのだろう、と古田は考えていた。

古田が編集長に就任してからの五年間、「あれそれ」は順調に発行部数が伸びた。豪華

なアート紙刷りの割に値段が週刊誌並みの安さだからだ。

「よくぞこの値段でやっていけるものだ」

と、古田も思ったほどだ。

「それは広告収入があるからだよ」

と荒木は説明した。確かに広告は多い。ラグジュアリー・ブランドや旅行案内などテレビとインターネットとの連携広告が巧みだ。グラフィック・デザイナーやコピーライター、カメラマン、モデルの使い方も上手だ。古田はその実態を知るにつけても、かつての田中角栄の秘書使いを思い出した。

「要するに天海光慈の強みは、知価創造活動の人材の組織化だ。受注産業のデザイナーやカメラマンを抱え込み、休ませずに働かせる。とはいっても丸抱えもしない。所属事務所がバラバラのタレントをチームにする点では秋元康《あきもとやすし》さんのＡＫＢにも似ている」

古田は新型知識産業の仕組みに感心した。それだけに、天海光慈なる「まだ見ぬ上司」を想像するのが楽しかった。

もう一つ、「あれそれ」誌で感心したのは、データ管理の良さだ。デザインや写真、文献、新聞記事、統計数値が瞬時に検索されるのはもちろん、曖昧《あいまい》な記憶のものでもすぐに検索して抽出できた。毎朝新聞のデータベースなど足元にも及ばない。

「何でも天海さんのお姉さんの寛江《ひろえ》さんがコンピューター・データベースの専門家らしいよ。昔、アメリカのミネソタ州にあるマカレスター大学でチンギス汗《ハン》のデータベース造りに参加したんだって。二〇〇五年に発表され、世界の歴史学界に衝撃を与えた事件だよ」

荒木村治はそんなことをいった。

古田が高齢者向け雑誌「あれそれ」の編集長を務めた五年間にも、天海光慈のマスコミ買収事業が多方向に伸びていることは何となく分かった。古田の執筆原稿を掲載する地方紙や雑誌が拡がっていたからである。

二〇二〇年十二月、古田重明は五年間務めた高齢者向け雑誌「あれそれ」の編集長を辞任、その後継者に小堀作三を推薦した。その頃小堀は六十三歳、毎朝新聞社友の肩書で雑誌原稿を書く程度の仕事で糊口を凌《しの》いでいた。毎朝新聞では、政治部長、編集長、主筆を歴任した徳田行安が八十歳の高齢ながら会長社主の座に居座り、独裁権を握っていた。だが、経営は大いに傾きだしていた。長く毎朝新聞の経営を支えていた不動産収入が、日本経済の衰退と人口の高齢化、そして旧本社ビルの老朽化で激減していたからだ。

「あのビルを建て替える資金力は毎朝新聞にはもうない。第一、場所も今や東京の都心軸から外れていますよ」

毎朝新聞の現役記者たちは、大先輩の古田にそう訴えた。日本中が自嘲気味になる中、毎朝新聞の記者の間では自分の会社に対して自嘲気味に語るのが一種の流行になりだしていた。

「ニヒリズムを通り越してシニシズムだ。自虐趣味が横溢《おういつ》している」

あれから五年、小堀作三は「あれそれ」の編集長として、かなりの実績を上げている。どうやら、高齢になった荒木に代わって天海光慈の側近陣にも加わっているらしい。

「どうすればよい。私は……」

古田はそんないい方で、天海光慈との面会を承知する意向を表明した。

「古田先輩が承知してくれるんなら、天海さんの方の都合を訊ねてみるよ」

小堀はそういった末に、こう付け加えた。

「天海さんは滅多に人に会わん方だからね、一度会うということは、これからもずっと一緒にやるってことになりますよ、先輩」

「いいよ。俺も老い先短いからね……」

古田は、ごく気楽な気分で応えた……。

（八）

二〇二五年八月三日の日曜日、午後五時。

古田重明は通い慣れた明治神宮外苑を、徒歩で横断していた。

巨大な国立競技場には、

「日中終戦八十周年――謝罪と友好の会」の垂れ幕が下がり、その準備が進んでいる。日中両国の歌手や楽団による音楽劇が上演され、両国の政治家や経済人による「未来志向誓言」が発表されるはずだ。毎年繰り返される儀式だが、再来年の日中開戦九十周年に向けて盛り上げるつもりらしい。

隣の日本青年館では、「閔妃《ミンピ》――東洋のジャンヌ・ダルク」という演劇が上演されている。「閔妃死去一三〇年記念」という看板が眩《まぶ》しい。閔妃とは日清戦争前後に反日親露政策を採って日本人剣客に暗殺された王妃である。

これには「毎朝新聞後援」の文字があり、徳田行安のメッセージも付いている。

「よく来てくれましたね、先輩……」

そんな声と共に白髪も残り少なくなった小堀作三が現れた。今年六十八歳である。

「まあ、暇だからね、この歳《とし》になると」

　古田は苦笑した。

「まあ、賑やかなことだなあ、終戦八十周年で、韓国や中国はもっと盛り上がっているそうですよ。向こうでは『戦勝八十周年』というそうですがね」

　小堀は国立競技場や新青年館を見回した。そして、

「天海さんは青山の中華料理店で待っているはずです。歩いても大した距離じゃないけど」

「そうだな、今日は涼しいから歩くか……」

　と古田は応じた。医者からも「極力歩くように」と万歩計の着用を勧められている。

　約十五分で二人は中の上ぐらいの中華料理店に入り、地階の個室に通された。そこには長身で筋肉質で色白の四十男が一人、ノートパソコンを覗いていた。

「お、これはこれは、古田先生ですか」

　四十男はパソコンを畳んで立ち上がり、黒い上衣を羽織って頭を下げ、名刺を差し出した。

「株式会社ピンポイント代表・天海光慈」の名と、会社の住所や電話番号・eメールのほかには何の飾りもない名刺だった。

「古田先生には十年も前からお世話になりながらお目に掛かる機会がなくて……」

天海の態度も言葉遣いも丁寧だ。七三分けの頭髪といい、白っぽいネクタイといい、いかにもオールド・ファッション、「昭和の香り」さえ漂う。

「まあ、老酒《ラオチユウ》でも少し頼みますか」

天海の注文も控え目だ。そして、

「巷では、終戦八十年、賑やかですね。中国や韓国、それにアメリカまで加わって今年は盛大にやるらしいですよ。五月の『ヨーロッパ終戦』は全然何もなかったが、こちらは大変ですね。韓国や中国では日帝打倒八十周年の祝賀会がありますよ。アメリカでも在米韓国、中国人住民らの『リメンバー・パールハーバー、リメンバー・ジャパニーズ・アグレッション』の大行進が予定されていますしね」

と、一人語り呟いた。

「どうしてですかねえ、日本だけが……」

古田は、ついそういった。

「いや、それはむしろ古田先生に教えて頂きたいところですがね」

天海はそう断ってから、「私の思うところでは」と語りだした。

「歴史には風化と露頭があります。古くなれば関係者はいなくなり記憶は薄れて風化する。大抵のところはそうですね。しかし、中には時と共に周辺の事実や証拠は消え、一つの事実あるいは伝説だけがますます目立つこともある。日本人は太平洋戦争のことも首をすくめて時を送れば風化すると思ってたんですが、ますます露頭してきてるんです」

「なるほど、歴史の露頭ですか……」

古田は、少し首を傾げた末に頷いた。

「例えば慰安婦問題です」

と小堀が口を挟んだ。

「一九九〇年まではあまりいわれなかったと思いますが、盛んに問題になりだしたのは宮沢内閣が出した河野《こうの》談話からですよ。特に激しくなったのは二一世紀に入ってからですね」

「まあ、宮沢内閣以降の日本の政治は、大きく見て失敗でしたね。外交も財政も経済も教育や年金も……」

天海は肉の薄い頰を歪《ゆが》めて囁いた。

「それは、この期間の官僚や政治家、そしてマスコミや学者が、敢えて問題を明確にしなかったからではないでしょうか」

「それはそうです。例えば私たちのいた毎朝新聞。何事も問題にならぬように、ああでもあればこうでもあるという書き方をしてきたんですね。私や小堀さんは、はっきり党派色を出したから追放されたんですよ」

古田はそういって笑おうとしたが、何故《なぜ》か声がでなかった。それを見透かしたように、天海が切れ長の視線を向けていった。

「二一世紀に入って、あらゆる業界は再編成されましたよね。銀行、商社、鉄鋼、電機」

天海は、細くて長い指を折りながら次々と業界を数えた。

「そして今、この二〇二〇年代に猛烈な再編の嵐にあるのが医療と介護と学校ですよ。少子化で私立大学は実質半減、十五大グループと地域学校に分かれつつありますね」

天海は巨大データベースの管理者らしくすらすらと名を挙げたあとでいった。

「そんな中で、戦後体制を維持している業界がたった一つ、マスコミですよ」

「確かに、全国五紙、地方紙五十余の体制は変わりませんね」

古田はそんな相槌《あいづち》を打ったが、向かい側の小堀は首を振った。

「地方紙は大分統合されてるんですよ。天海さんが十一紙、大谷《おおたに》グループが八紙を買い取ったから……」

「へえ……」

古田は仰天した。

「いえ、買い取ったわけじゃありません。制作本部を各地においてインターネット印刷で配達費を軽減しているだけですよ。九州版・関西版・関東版・東北版とね。主要な記事はそれぞれの地域で書いてますよ」

「よくそれで紙面がきっちり詰まりますね」

政治部デスクで文字数合わせに苦労した昔を思い出して古田は叫んだ。

「いやあ、埋め草の広告やデザインを用意しておけばいいんですよ」

と、小堀が口を挟んだ。

「まあ、そんなことなんでしょうね」

天海はにやりとしてから鋭い視線を放った。

「問題は論説です。私は日本を、この日本を世界に恥じない国として次の世代に渡したいんですよ、古田さん」

天海は、春巻きを嚙《か》み砕いてからいった。

「私たちのじいさんばあさん世代は、戦争をおっ始めて敗けた。それで戦死した者もいれば焼け出された者もいた。それでも一生懸命働いてこの国を復活させた。うちのじいさんは一九一二年生まれで憲兵少佐だったけど、敗戦で財産、職業、身分のすべてを失い、戦後は芋《いも》を齧《かじ》りながら古着の行商をしていたそうです。いわば敗戦の償《つぐな》いをしたんです」

天海は、少し感傷的な表情になった。

「私の父親は一九三七年生まれの戦前派でしたが、工場で一生懸命働き、日本経済を高度成長させました。この日本を世界に冠たる経済大国にするために長時間労働に耐え、上司同僚に気を遣い、規格大量生産の大国を築き上げました。ただモノ造りに熱心な余り知恵が回らず、誇りを欠いたともいえますがねえ」

天海は静かな口調で激しい言葉を語り、身を乗り出して続けた。

「ところが私たち、いわゆる団塊ジュニアはですよ。知恵を絞らず日本経済を衰退させ、バラ撒《ま》きで財政悪化を招いただけではありません。真実を語る勇気を欠き、議論に堪える辛抱を持たず、この日本は倫理に欠けた国との評判を残そうとしているのです」

「どうすればいいでしょう」

古田は釣《つ》り込まれるように訊ねた。

「マスコミです。全国紙を手に入れて勇気ある論陣を張ることです」

天海光慈は何気なくいった。これには古田ばかりか小堀も驚きの表情を見せた。

「全国紙というと……」

小堀作三が恐ろしそうに訊ねた。

「ズバリ、毎朝新聞と経読《けいどく》新聞、この二つを傘下にするのです。大新聞にはあらゆる文化活動がくっ付いてるから……」

古田と小堀は、思わず顔を見合わせた。

「しかし、新聞社の定款には、新聞の制作販売に携わった経験者でなければ株主になれないという規定がありますよ」

古田は、少し間を置いて、やっとそれだけいった。

「分かってます……」

天海はにやりとして頷いた。

「だからお二人に頼みたいんです。毎朝新聞の株の三割は毎朝販売店会、四割は社員持株、そして残り三割は関連企業の不動産会社や運送会社です」

天海は毎朝新聞の株主構成をそう説明した。

「そのうち、不動産会社と運送会社は話が付いています。販売店も荒木村治さんらのパイプで六割が議決権をくれました。問題は徳田行安さんの影響の強い社員株主、これをお二人に口説いて頂きたいのです。メインバンクの三友住井も大賛成ですから……」

「私たちがですか……」

古田は唖然《あぜん》として問い返した。

「ええ、他にもいますよ。徳田会長の側近でも賛成者が……」

天海光慈はすらりといってにやりとした。

（九）

「いやあ、長話をしてしまいました。もう八時半ですね」

天海光慈は、アイフォーンを見ていった。

「ただこれだけは知って欲しいんです。アウェイで勝負するのはよっぽど気が強くなけりゃあだめだってことです」

「へえ、それはどういう意味ですか」

古田重明は問い返した。

「実は私、アメリカ帰りで勉強ができなかったもんですから、高校の時に相当グレましてね、六本木《ろっぽんぎ》辺りの半グレ集団に加わってたんですよ。そしたら父親が『徒党を組んで威張るのはよろしくない。アウェイでやってこい』といって、韓国のボクシングジムに入れられたんですよ。三年間」

「へえ……それは厳しいですね」

古田はもちろん、小堀も驚きの声を上げた。

「いや親父も結構きつい修業をしましたからね。十八歳でフランスに派遣されて、ルノーの工場で小型車製造を習ったんです。当時は終戦直後、日本は貧しい敗戦国。父親は小柄だったから余計に苦労したそうです。けどそんな苦労が実って日本の自動車産業は発展したんですよね」

天海は笑顔を作って続けた。

「父親の指示だったのかどうか、韓国のそのジムのオーナーは私にヒロ・イトーというリングネームを付けて、旭日旗のトランクスをはかすんですね。凄《すご》い野次、完全にヒールですよ。結果は六回戦ボーイで三勝六敗一引き分けでした。今の日本の青年たちには無理でしょうね。ヒールで生きるのは……」

古田は感心した。そしてつい、

「お父上はそれからどうなさったんですか？」

と訊ねた。

「ただのサラリーマンでしたよ。ヨッサン自動車の技術屋です」

天海はすらりと答えた。その瞬間、古田の脳裡に電光が走った。

「先刻アメリカから帰ってとおっしゃったが、アメリカはどちらでした……」

「ロスです。日本総領事館の近くでしたよ」

「では、ご家族は……」

「ええ、姉と母と父と……」

天海は色白の額を歪めて呟いた。

「三年余り前に父が死にましてね、それ以来母も認知症が出て……」

「ひょっとしたら、代々木《よよぎ》の安楽養護センターにおられるのでは……」

古田は急《せ》き込んで訊ねた。

「そうですよ。よく御存知で……」

天海は驚きの表情を見せた。

「この前、お目に掛かりましたよ。日本青年館の前で……」

「へえ、それは……」

天海は少し戸惑いの表情を見せたが、すぐ続けた。

「今日もこれから母のところへ行くんですがね、毎週一回はね、私も姉も……」

「へえ、毎週行っておられるんですか……」

古田は、あのおばさんの淋《さび》し気な表情を思い出して叫んだ。

「ええ、でも母はいつも『光慈、久し振りだね。ロサンゼルスの家は芝生が広くてよかったよ』というんです。母の記憶ではロスの暮らしが露頭してるんでしょうね」

「なるほど……」

古田は深く頷いた。いろんな意味での「なるほど」である。

第六話　電気守――二〇二八年

2028

もはや、下り坂ではない！

「選ばれる社会」を目指す

経済財政担当大臣　吉泉栄人

●失われた30年――

「もはや戦後ではない」

この言葉が世に出たのは1953年の経済白書、今から75年前だった。

第二次世界大戦の敗北から8年、実質国民総生産額が戦前の水準に回復したのを捉えてのことだ。

実際、その頃が復興から成長への転機。その後の日本は猛烈に発展し、90年代はじめには①一人当たり国内総生産、②平均寿命の長さ、③事故や事件の少なさの三つで、世界第一といえる「三冠王国家」になり得た。世界的な資源過剰と大量生産技術の進歩、生産人口の急増という三条件に恵まれていたからだ。

しかし、幸運は無限には続かない。まず80年代には世界的な資源需給の逼迫が生じた上、地球環境も厳しくなる。

技術の進歩は方向を変え、規格大量生産から多様化・情報化・主観化へと変わる。人口構造も少子高齢化が進む。

戦後45年間の高度経済成長を支えた三条件が、一斉に失われた。「失われた30年」のはじまりである。

●三つの吉兆

しかし、日本にもようやく光が差してきた。

その第一は出生率の回復だ。日本の合計特殊出生率は2005年の1・26を底に上昇に転じ、昨27年には1・6を超えた。25歳未満の女性の出産が増えたからだ。移住者数も年間10万人に達し、労働人口の減少を補っている。

第二は貿易収支の改善。昨年の貿易赤字は3兆円を下回り、3年連続の縮小となった。地熱や太陽光の開発でエネルギー輸入が減少したのと、農業改革の成果で農産物収支が改善したのが大きい。医療特区などで観光収支も改善している。

何より力強いのは新たに起業する若者の増加だ。労働法規や税制の改革で「若いうちに起業を」と考える若者が増えている。

●引退後のすみかに選ばれる国

日本の将来はどうあるべきか。それは一概にいえない。価値観の多様化した時代に「これが理想」と決めつけるべきではないだろう。

だが一ついえるのは、引退後の高齢者にすみかとして選ばれるような場所でありたい。自由に生活の場を選べるような人々が「最良の住まい」として日本を選ぶのなら、この国の高齢者も幸せといえる。それは安全、清潔、便利、そして楽しみの絶えない社会である。

（一）

二〇二八年七月、上杉憲三《うえすぎけんぞう》は次の手紙を書いた。メールにせず、敢《あ》えて肉筆ペン書きの文書をコピーして郵送することにしたのは、古き良き時代の触れ合い感覚を大事にしたかったからである。

「本年で私も数えで八十歳の『傘寿《さんじゅ》』を迎えました。団塊の世代と呼ばれる人口の塊《かたまり》はみな八十代となり、日本は正しく『傘型人口構造』になりました。社会としては深刻な問題です。『長寿は万人の願い』とはいえ、超高齢人口構造は、日本の社会は減少する若者で支え切れるのか、日本の経済は高齢者の重みに耐えられるのか、日本の社会は減少する若者で支え切れるのか、また日本文化はどのように変質するのか、等々私たちも思い悩むところが多々あります。

その反面、この苦難のあとには新しい日本ができる、いや作らねばならぬ、という思いもあります。私たち団塊の世代は、先の世代の残した蓄《たくわ》えを喰《く》い潰《つぶ》した、と未来の歴史に描かれるかも知れません。

私の人生にも山あり谷あり、期待と失望の連続でした。そんな中でも『加米《カメ》の会』のみな様とは五十五年にわたって十六回の会合を行い、その時その際の希望と反省を述べ合ってきました。会員が『超傘』の齢《よわい》を迎えたこの機会に、今一度お目にかかり、来し方行く末を語り合えればいかばかりか楽しき思い出になろうかと存じます。

これまでの会合は、主として東京在住の方々に会場設営などの御苦労をかけて参りましたが、この度は是非ともわが上越市《じようえつし》にお越し頂きたいと存じます。上越市も東京・大阪の両都と新幹線が繋《つな》がり、一時間四十分ほどで御来駕《ごらいが》頂けます。

わが上越地方は伝統のお米コシヒカリに加え、近年は水耕野菜の栽培や『育てる漁業（養殖）』が盛んで、山海の美味に恵まれています。また、当地は過疎地で土地と住宅は広く、みな様が御夫妻あるいはお子様連れで御越しになりましても、それぞれに一部屋以上を用意させて頂けます。

是非とも、北の海に沈む夕日を観賞するつもりでお越し下さい。

新幹線上越妙高《じようえつみようこう》駅までは、私どもの娘や婿《むこ》が車でお出迎えさせて頂きますので、御到着時刻をお報《しら》せ頂ければ幸いです。

会合は八月後半から九月にかけての時期に行いたいと思いますので、御都合の悪い日時をお報せ下さい。できる限り多くの方々に御参加頂ける日時で決めさせて頂きます。

二〇二八年七月　吉日

上杉憲三」

「あなた、何を熱心に書いてるのよ、昔懐かしい万年筆なんか使って……」

背後から妻玉代《たまよ》の声がした。夜十一時を過ぎた時刻だ。

「先刻、夕飯の時に話した加米の会の招待状だよ。八月末から九月にかけての間で開きたいと思ってね……」

上杉憲三は老眼鏡を外して振り返った。そこには見慣れた妻玉代の顔がある。今年七十四歳、ほとんどが白髪だが盛り上げた髪は豊か、昔は出歯気味で可愛《かわい》かった口元には、きれいな白い義歯が、梅干し型に皺《しわ》のよった唇の間から覗《のぞ》いている。

「ほんとにみなさん来るかねえ……」

玉代は、机上に拡《ひろ》げた便箋を覗き込んで呟《つぶや》いた。

「分かんない。けど、招待状は出してみる……」

上杉憲三は、照れ臭そうに微笑み、禿《は》げ上がった額を撫《な》でた。頭を撫でるのは黒髪を短髪に刈り込んでいた頃からの癖だ。

「みなさんが来るんなら楽しみだわ、私、誰にも会ったことないもの……」

玉代は、夫の話と写真とだけで想像している「加米の会」のメンバーを見るのを「楽し

み」といったが、そのあとで、

「どうせなら、もっと若くてきれいなうちに会いたかったねえ」

とも呟いた。

「いや、今になればもっと前にやっておけばと思うことが多いよ」

と、上杉も頷《うなず》いた。

「若い頃には、そんなのいつでもできる、いずれやれると思ってしまうんだよな……」

「そうね、旅行でも英会話でも、いつかやろうと思ってるうちに年を取ったわねえ……」

玉代がしみじみといったが、上杉は話題を変えた。

「北の家、ちょっと片付けたら四組か五組は泊まれるよな」

「あなた、みなさんにうちで泊まってもらうつもり……」

玉代は夫の計画を知ってはにかむように微笑んだ。

「だって、ここじゃ適当な旅館もホテルもないだろう。直江津《なおえつ》のホテルは外人労働者中心のゲストハウス方式になってるし、高田《たかだ》のホテルは小さな個室ぐらいしかないし……。新幹線ができてみな日帰りになってしもたからなあ……」

「確かに貸蒲団《かしぶとん》さえ借りれば、北の家で泊まってもらうのがええかもね」

玉代は、ちらりと左に、「北の家」の方に視線を流して頷いた。

現在の上杉家には三棟の家屋がある。「中の家」が上杉老夫婦の住居、すぐ十メートルほど離れた「南の家」は長女直江《なおえ》と婿山田司朗《やまだしろう》が四人の子供と住む住居、そして「北の家」は「電気守《でんきもり》」の事務所、実はほとんど空き家である。

三年前まで棲《す》んでいた老夫婦の夫の方が病に倒れて養護施設に入ったので、東京にいる相続人の息子が「いくらでもよいから」と押し付け気味に売っていったものだ。十五年ほど前に豪雪地帯の古家を解体した木材で作った上杉自慢の「作品」でもある。

その結果、今や上杉一家の住居は敷地四百二十坪、建坪百六十坪の「過疎豪邸」だ。上越市の北東部、旧直江津市街を東に外れたこの辺ではそんな住まいがいくつかある。

「じゃあ、私は風呂に入って先に寝るからね、あなたもすぐ寝なさいよ」

玉代はそういって上杉の書斎から出て行った。かつては長女の直江がいた部屋だ。

「分かった、分かった。俺もじきに寝る」

上杉はそう応じたが、実はすぐに寝なかった。パソコンの電源を入れて、

「私どもの現状」

という文書を打ちだしたのだ。

招待状と併《あわ》せて上越市に住む自らの状況を報せておいた方が、「加米の会」のメンバーの不安を除き興味をそそる、と考えたからである。

（二）

私どもの現状――「電気守」の仕事と暮らし

上杉憲三は、まずパソコンにそんな表題を打ち込んだ。二〇一〇年製のデスクトップだ。

「私の目下の職業は『電気守』、正確には婿に仕事を譲って相談役として手伝う身です。『電気守』とは耳慣れない言葉でしょうが、私がはじめて既に八年、上越地方では三軒、全国では二百軒ぐらいあるでしょう。マスコミでは『エレキファーマー』などとも呼んでいます。

業態は遊休農地や廃業ゴルフ場、無用となった薪炭林などを借用して、太陽光発電パネルを並べた発電所にして投資家に売却、その管理（守《もり》）を請け負うものです。管理料は発電した電力の売り上げの一割が標準です。

私、上杉憲三がこの仕事をはじめたのは二〇二〇年、十年近く前です。きっかけは、前年のインフレと電力危機、それに伴う構造改革運動でした。

思い返せば、二〇一九年秋の十四回目の『加米の会』の頃が、私にとっても日本にとっても最悪でした。政府の企《くわだ》てた『国土強靱化《きょうじんか》構想』は財政難で頓挫《とんざ》、貿易赤字の拡大による急激な円安で物価は上昇、その上、農業構造改革が既成の利権と頑固な米作維持政策に阻《はば》まれて進まず、上越地方は大打撃を受けました。北陸《ほくりく》新幹線が東京に繋がったことも買い物客を東京に奪われる結果になったのです。

かく申す私上杉憲三も仕事がなく、建築技師の長女の婿山田司朗に養《やしな》われる身で、一包六枚の食パンを、朝昼晩に二枚ずつ、庭で育てた鶏の卵と野菜と共に食べるのがやっとの有り様でした。

しかし、その直後に転機が来ました。電力の発送電分離が実現し、太陽光発電買取制度が廃止になりました。これによって、太陽光発電が無制限に造れるようになったのです。

私は、この広々とした上越平野の休耕田や廃業ゴルフ場を利用して太陽光発電事業を行ってはどうかと夢想しました。夢を見るのは私の少年時代からの癖なのです。

前例はありました。東日本大震災の直後に『資源開発帝石《しげんかいはつていせき》』の建設した上越太陽光発電所、そこでの実績を見ると、雪国といわれる新潟《にいがた》県でも積雪の少ない上越の海岸なら太平洋側に劣らぬ実績を上げていたのです。

もう一つ、ビジネスモデルのヒントは、大阪の山中幸助《やまなかこうすけ》さんからお聞きした明治大正時代の植林事業です。山間部の人々が暇に飽かして杉檜《すぎひのき》の苗を植え、できた植山林を大都市の資産家に売却、自らは山守《やまもり》、つまり管理人となって収益の一部を得た、という制度です。

これによって日本全国で植林が進み、一九七〇年代までは山林が大きな財産になっていました。政府が適切な林業政策を採れば、いまでも日本は木材の自給が可能でしょう。

『これだ』と私は思いました。二〇二〇年代の上越地方は明治大正の近畿山間部、土地が余り過疎が進む。その上、物価は上昇、都会の資産家も将来に不安を感じている。こんな時には遊休地を利用して高齢者にできる仕事で長期安定収入になる施設、つまり物価の上昇に見合って収益が増える投資的物件を造るのが良い、と思い付いたのです。

幸い長女直江の婿山田司朗は建築士です。彼の調査研究で、雪国の太陽光パネルにはシリコン系ではなく金属系のＣＩＳ（銅、インジウム、セレンの合金）がよいことが分かりました。積雪対策には底辺の高さを一メートルにし四十五度の傾斜をつければよいことも分かりました。また六千六百ボルトなら送電も容易なことも判明しました。

二〇一九年の年末から翌年年始にかけて、私は暇に飽かして事業計画を立てました。三ヘクタールの土地に二千キロワットの発電能力を持つ太陽光発電所を建設、年間二千四百万ｋＷ時の電力を作り、ｋＷ時当たり二十五円で売る、という計画です。当時でもｋＷ時二十五円は高くない価格でした。

この計画に、パチンコ店や自動車販売業を営む林修栄《りんしゆうえい》さんが『計画通りできれば七億円で買い取り、収入の一割は管理費で支払う』とのお墨付きをくれました。林さんはパチンコ店や自動車販売業の将来を不安に思い、子孫に残す安定資産を探していたのです。

このお蔭《かげ》で十人の出資者が集まり、CIS太陽光パネルや支えの鋼材などを買い揃《そろ》えることができました。建設工事は全くの手作り、私と長女とその婿とで一日十基ずつほど二百日かけて二千台の太陽光パネルを並べました。昔の建設仲間も手伝ってくれたし、資源開発帝石の技師にも世話になりました。

九月はじめに完成した太陽光発電所は見事に成功、ほぼ予定通りの発電能力を発揮、前述の林さんに買い取って頂きました。

これで弾みが付いた私どもは、翌二〇二一年にもう一ヶ所、二二年には二ヶ所の二千キロワット級の太陽光発電所を建設、東京と大阪の資産家に売却しました。この国には、林さんのように安定収入資産を求める人々が沢山《たくさん》いるのです。

それ以降、私どもの手掛けた発電所は年々増加、今二八年に完成予定の四ヶ所を加えれば十六ヶ所の二千キロワット級の発電所ができます。さらに今は廃業したゴルフ場を利用して二万キロワット級の大型発電所も建設中です。幸いこのゴルフ場には三万三千ボルトの高圧送電線が通っているのです。

私どもの「電気守」事業「上杉発電管理」は株式会社、完全な家族経営です。五年前まては私が代表でしたが、今は長女直江の婿の山田司朗が代表、次女の婿の宇佐美健夫《うさみたけお》が財務責任者、長女とその友人が労務担当です。従業員はほとんどが非常勤の高齢者、急がず焦らず、出勤した人数でできる仕事だけをするように心掛けています。

仕事は二種類、一つは既成発電所の管理、障害物の除去や水洗い、夏の除草と冬の除雪などです。直江津地方では積雪は僅《わず》かですが、年に二回ほど除雪の必要な時があります。夏の除草には山羊《やぎ》を二十頭ほど飼い、順次発電パネル下に放牧しています。

もう一つは新たな発電所の建設、同じ規格の太陽光パネルを所定のコンクリート台に据え付けることです。作業員の出勤数に応じてやるだけです。

私どもの太陽光発電でできた電力は、kW時二十五円で中部送配電会社に売っています。中部送配電は中部山岳地帯の水力発電用ダムを揚水化、水力発電と太陽光との組み合わせで過不足なく調整しているようです。太陽光発電の効率が上がる夏の昼間に電力需要が多いのです。

よく「雨の日には太陽光は働かないから困るだろう」といわれますが、雨の時期には水力が稼働するので補《おぎな》えるようです。スマートグリッド（電力調整網）の発達で電力の需給調整が進みました。

太陽光発電施設は今や全国で二千万キロワット、約六万ヘクタール以上になります。太平洋岸や瀬戸内海周辺は上越地方よりも好条件、休耕田や放置果樹園からの転換が沢山あります。それでもたったの六百平方キロ、全国の耕作放棄地の一〇％ほどに過ぎません。今の日本は猛烈な土地余りの国なんですねえ。

私ども電気守の事業は追い風です。近年は巨額貿易赤字で猛烈な円安、輸入原油や天然ガスは激しく値上がり、発電コストを釣《つ》り上げているので、ｋＷ時二十五円の電力買い取り価格は割安になっています。来年は電力取引前に売りに出すことも考えています。

それを見込んで既成発電施設の売買も盛んです。私どもの管理する十六ヶ所の発電所のうち七ヶ所は既に所有者が交代、これからは高値で買う投資家も増えそうです。

私どもの会社では売買のお世話もし、手数料として売価の五％を頂き、引き続き管理業務を請け負うことにしています。みな様も「発電所に投資したい」というお知り合いがおられればお報せ下さい。値段によっては、現所有者からも売り手が出るでしょう。ドイツや中国では、発電所を投資対象とする取引が大いに賑わっているそうです。

石油やガスは年々値上がり、環境規制も厳しくなりました。自動車の電気化は進み余剰電力で水素燃料を作る工場もできました。太陽光は安全安価なエネルギーです。

さて、私どもの暮らしもこの事業形態に合わせた大家族形態です。私ども老夫婦の住居は木造平屋の3LDK、二人の娘を育てた住まいのままです。十メートルほど離れた南隣には長女の一家六人、北隣には事業の事務所に使ったりする『空き家』があります。共に豪雪地帯の古家の材木を使ったもので、広さは十分にあります。

次女理加《りか》の婿宇佐美健夫は元税務署員、今はわが社の財務責任者ですが、四キロほど離れた直江津商店街に住んでいます。

ここも御多分に洩《も》れずシャッター通り、いや今は『鉄錆《てつさび》通り』になっています。次女夫婦は二軒分の店舗を買い、店舗部分では次女の理加が学習塾を営んでいます。十年ほど前からの出生率の向上で、小学生の子供が当地でも増加しています。

また、養殖漁業や水耕農場で働く外国人とその子女を対象とした日本塾も盛況です。まずは『千単語会話』、次は『日本の慣習と制度』、最後が『日本語読み書き講座』です。教師には高齢の退職公務員や少年アルバイトもいます。私の長女の娘二人も小学生ですが、教員役を務めています。『子供に教えるのは子供』という発想からです。これも是非見てやって下さい」

（三）

上杉憲三は、ここまで書き終えて窓の外を見た。午前一時十五分、南隣の長女の家の一室にはまだ灯が点いている。今年十四歳になる長男（憲三には孫）の猛伸《たけのぶ》が高校受験の勉強に励んでいるのだ。

「俺もあの歳《とし》には……」

憲三はふと自分の人生を振り返ってみた。そして稿を改めて、自らの来し方をパソコンに打ち込んだ。「加米の会」のメンバーが来た時に話す材料にするつもりだ。

上杉憲三は一九四九年三月十五日、上越の農村で、父精一《せいいち》、母和子《かずこ》の三男として生まれた。

もっとも、戦前に生まれた二人の兄は生後間もなく死亡したので、実質は長男だ。しかも父の精一は次男が死亡した直後の一九四三年はじめに陸軍に応召され、戦後も二年間ほどシベリアに抑留された。憲三は、父の復員後に生まれたベビーブーマー、いわゆる団塊の世代である。二年後、妹静子《しずこ》が生まれた。

上杉家は二町歩《ちょうぶ》（二ヘクタール）の水田と多少の畑地を耕作する農家、他に六町歩の水田を貸与し、五町歩ほどの薪炭林も営んでいたから、村では「有数の素封家《そほうか》」だった。父精一の留守中は、祖父の栄作《えいさく》と祖母かねが嫁の和子と共に農業を続けていたが、憲三が小学校に入った一九五五年には祖父栄作が、二年後には祖母かねが死去した。

父の精一は、祖父の死後間もなく、建設業をはじめた。最初は近所の青年たちを雇って村道の整備を請け負う程度だったが、見る見る業態は拡大、憲三が中学に入った一九六一年にはトラックやブルドーザーを買い入れて県道建設や工業団地の造成事業にも乗り出した。地方銀行の支店長を財務担当役員に迎え、県の土木課長を労務担当に戴《いただ》いたのが良かったらしい。

中学時代の憲三は野球少年、「小柄ながらも強肩の三塁手」で上越地区では知られていた。音楽にも手を出しギター教室に通ったことがある。

ところが、中学三年生の夏休みがはじまった頃、父の精一が、

「憲三、お前は東京に行け。東京に行って慶応義塾《けいおうぎじゅく》高校に入学するんだ。そしたら慶応義塾大学に進めて分厚い人脈が創れる。将来はうちの建設業を継ぎ、大企業にするのだ」

といい出した。

憲三は八月の末に父に連れられて上京、三田《みた》に四畳半の下宿を借り「慶応高校に入り易

い」といわれる私立中学に編入された。しかし、最初の模擬試験では「やや学力不足」といわれて猛勉強をはじめた。

「俺の生涯で一番勉強したのは中学三年の半年間だった。孫の猛伸が深夜まで勉強しているのも当然だ」

と憲三は思う。猛伸が目指しているのは中部州立大学付属高校、将来の夢は技術者として世界に雄飛することだ。二〇一〇年代生まれの少年にはありふれた理想である。

猛勉強の甲斐あって上杉憲三は慶応高校に合格、三年後には慶応大学経済学部に進んだ。大学時代から、

「いずれは父親の事業を継ぎ、日本有数の建設会社に育てる」という将来図を描いていたので学生運動には関わらず、銀座漫歩で時を過ごした。上杉が就職先として大手商社の三《み》藤《ふじ》商事を選んだのも、そのための修業と人脈作りのつもりだった。

上杉憲三が「カナダ・アメリカ十五日間の旅・学生割引」に参加したのは全くの偶然、いつものように銀座をぶらついていた時に、旅行社の看板を見たのがきっかけだ。

上杉が同行の友達に「これ、行こうよ」と声を掛けると、みな一度は「行く行く」と返事しながら結局断ってきた。一九七一年三月、羽田空港のカウンターに行ったのは慶応大

学では上杉一人だった。

上杉憲三のカナダ・アメリカ旅行は楽しかった。二年前に建設業界の団体旅行でアメリカに行った経験のある父精一は、二十ドル札を百枚と旅行用品一式を与えてくれた。カナダのアルバータではアメ車の運転もやったし、ニューヨークでは建設会社の駐在員の案内で高層ビル群を見学した。ロサンゼルスでは札束をチラつかせて不動産仲介業者を冷やかし、住宅売り物件を見て回ったりした。

上杉はその後、何回も海外旅行をしているが、この時ほど記憶に残る旅はなかった。上杉憲三がこれまでの十六回の「加米の会」に、一回しか欠席せずに参加してきたのもこのためだ。

「あの旅行が、俺の玄冬《げんとう》から青春への転機だった……」

上杉憲三は、そう考えている。

誕生から大学を卒業するまでの二十二年間は将来の見えない不安な時期、豊かな仕送りで銀座で遊び、シャンソンクラブで女子大生に囲まれてはいたが、人生を見通せぬ不安が同居していた。

だが、三藤商事に入社、不動産部に配属されてからはそれも消えた。特に、石油ショックからの回復期、千葉《ちば》県の住宅団地開発プロジェクトでは猛烈に働き、優秀な成績を上げた。「父親の中小企業を継ぐよりも、三藤商事で役員になった方が人生は楽しい」と考えたこともある。

その間に親父《おやじ》精一の事業は大いに発展、帰郷する度に「上杉建設」の黄色いトラックやブルドーザーは増えていた。親父は、直江津駅前に鉄筋三階建ての本社ビルを建てた他、新潟《にいがた》と東京に支社を設けるまでになっていた。

一九八五年、七回目の「加米の会」が開かれた時、上杉憲三は「人生の岐路」を迎えていた。一つは、三藤商事で「不動産本部関東担当部の部長代理」に抜擢されたことだ。同年入社の中では「五人の俊英」の一人に数えられたほどだ。

もう一つは、仕事の上で出入りしていたクラブの女性「愛子《あいこ》」と親密な仲になったことだ。

愛子は豊満な美人で、英会話にも美術やファッションにも通じていた。愛子の父親は三藤商事とも取引のある小売チェーンのオーナー経営者、母親は水商売出身ながら今は正妻同然、という話だった。

一方、父精一からは「そろそろ三藤を辞めて俺の事業を手伝え。俺も来年は七十歳、お前に跡を継がせたい」といってきた。三十六歳になっていた上杉憲三は、結婚話でも職業選びでもギリギリの選択を迫られていたのだ。

一九八五年の「加米の会」では、三友《みつとも》銀行の福島正男《ふくしままさお》が「来春にはニューヨークに勤務する」といい、厚生官僚の加藤清一《かとうせいいち》は「フランス赴任を期待している」と語った。それぞれ大組織の利点を満喫しているように見え、上杉の気持ちも三藤商事残留に傾きかけた。

だが、運命は違った方向に流れた。八六年二月「愛子」に別の男性がいることが分かったのだ。「愛子」は「職業上のつきあい」を強調したが、上杉の情熱は急速に冷めてしまった。

八六年六月、上杉憲三は三藤商事を退職、父の事業「上杉建設」の取締役となり、企画部長に任命された。同時に、七十歳になった父精一は会長に退《しりぞ》き、四歳年下の叔父敬二《けいじ》が社長になった。海軍機関学校出身とは思えない大人しい人物で、その子息たちは東京でイベント企画などをしていた。要するに、同族会社「上杉建設」の経営は、一気に憲三の双肩にかかりだしたのである。

この頃、上杉憲三の人生を決める事件が相次いだ。「上杉建設」の取締役企画部長になって間もなく、縁談が来た。相手は直江津に近い高田市で医院を営む牧野順三《まきのじゅんぞう》の長女玉代、東京の女子大を出て栄養士の資格を取り、今も東京の病院で働いているという。経歴は地味だが、会ってみると長身痩軀で「足音の軽い女性」だった。特に、少し出歯気味の口元が可愛い。

上杉は六ヶ月ほどの交際で求婚し、翌八七年三月に結婚した。披露宴は直江津のホテルで行い、当時の新潟四区選出の国会議員など地元名士が二百数十人集まったが、東京からの参加者はごく少なかった。「加米の会」のメンバーにも招待状を出したが、出席者はいなかった。当時の直江津は、東京からも大阪からも不便なところだったのだ。

「直江津は田舎だ。新潟には新幹線ができたが上越地方は見捨てられている」。そんな思いが上杉の事業意欲を掻《か》き立てた。

一九八七年六月、入社一年で副社長に就任した上杉憲三は、早速に二つの新企画を出した。第一はスキーブームに乗ったリゾート・マンションの建設分譲、第二は東京支社の拡充と関東進出である。

きっかけはこの年に成立した総合保養地域整備法、いわゆる「リゾート法」だった。政府がリゾート開発にNTT株の売却収入などの資金を低利で融資、長期滞在型のリゾート施設の整備を後押しする、というのである。

いち早くこれに着目したデベロッパーたちは新潟県下でスキー場を開発した。中でも注目を集めたのは上越新幹線越後湯沢《えちごゆざわ》駅の周辺だった。

ノーベル賞作家の川端康成《かわばたやすなり》は「トンネルを抜けると雪国であった」と描写したが、新幹線はそんな感傷に浸る間もなく三国《みくに》山脈を突き抜ける。「東京から一時間」をキャッチフレーズにスキー場が続々と誕生、付近に長期滞在用のマンション建設がはじまった。「自分が使わない時はスキー客に貸して料金を取る。レジャーと資産運用を兼ねた投資」という触れ込みで大手デベロッパーが次々と高層マンションを建てた。その数は累計一万四千七百戸、湯沢町の人口の二倍にも達した。

上杉建設もこのブームに乗って、最初は大手デベロッパーの工事下請けを、次には用地を手当てしてデベロッパーに売り込む誘致建設事業を、そして最後には自らマンションを建設して大手に売却する「レディメイド方式」のビジネスモデルを実現した。

一九八八年から八九年にかけての建設請負はまずまずの成績だった。地元の利を活《い》かしたコスト軽減と工期短縮で好評を博し、大手の下請けから九〇年には元請け業者に昇格。上杉は大手業者から若手技術者を引き抜き、技術力を高めて高層マンションをも受注できる体制を整えた。「湯沢支社」を設けて仮設宿舎を建て、上越地方から作業員を送り込んだ。それでも大手デベロッパーの注文には応じ切れず、翌九一年には「レディメイド建設」まではじめた。自ら用地を取得して独自にマンションを建設、工事途中でデベロッパーに売却するのだ。

社長の叔父は「俺たち田舎者のセンスじゃ東京の人の好みに合ったものを造れまい」とたじろいだが、上杉は美的センスにも自信があった。東京やフランスの有名建築家に設計の名を借りて、実質は社内で図面を引いて建設した。

この方式は図に当たり、九一年に着工した三棟の高層マンションは建設コストの二倍近い値で大手デベロッパーに買い取られた。これで大いに利益が出るはず、だったのである。

同時に上杉は東京支社の拡充にも力を注ぎ、全国企業の下請けに加わり、群馬《ぐんま》県の工業団地や埼玉《さいたま》県のニュータウン建設にも参加した。上越地方で大勢の作業員を募集、夏は湯沢で、冬は埼玉で就業させる労務ローテーションが強みだった。

（四）

「あの頃は俺も忙しかった……」

上杉憲三は、パソコンの手を休めて呟いた。

一九九一年夏に八回目の「加米の会」が行われた頃、上杉憲三は直江津本社と湯沢支社と東京支社の三ヶ所に社長室と社用車を常駐させ、その間を毎日のように飛び回っていた。父親は会長のままだったが、大人しい叔父は相談役に退き、上杉憲三が社長になっていたのである。

「地価の上昇は大都市ばかりか、地方をも潤《うるお》している。リゾート・ブームの湯沢町だけじゃなく、わが直江津でも農地整備事業や出稼ぎで農家の収入も増えた。お蔭で直江津の商店街も大繁盛、カラオケ・クラブが続々とできてるよ」

一九九一年夏の「加米の会」で、上杉はそういった。

しかし、ブームは「来た時よりも早足で」去った。一九九一年には地価上昇批判を恐れた大蔵省銀行局（現金融庁）が「不動産業への投資は現状以上拡大してはならない」という「総量規制」の銀行局長通達を出した。

九二年になると、上杉建設から「レディメイドマンション」を買い取ったデベロッパーの資金繰りが悪化、手形が二度も繰り延べされた末、減額を要求してきた。続いて埼玉県の団地開発の元請け会社が不渡りを出し、上杉建設は工事代金を取れなくなった。

その時四十三歳で二女の父だった上杉憲三は必死で金策に飛び回った。銀行や信用金庫、信用組合に繋ぎ融資を願い出たが、みな「銀行局長通達が出たから」と断った。

上杉は資産の売却にも早々と手を付けた。まずは「将来の事業用」に買った土地、次いで建設機材、そして九二年暮れには新潟支社の建物まで売り払った。だが、建設不況の世では文字通り「二束三文」だった。

事業の縮小は容易ではない。特に従業員の解雇には労働法規の壁が厚い。下請けや日雇いに上越地方の地元民を多く使っていたのも仇《あだ》となり、一家の評判は極端に悪化、妻の玉代や小学生にもならない娘まで罵声《ばせい》を浴びる有り様だ。

七十二歳で相談役の叔父は東京に行って姿をくらました。この叔父の行方は五年後の葬儀の通知まで分からなかった。

地方銀行出身の財務担当重役は辞職し、県庁出身の労務担当は別の天下り先に転職した。いずれも「無謀な経営者の下に天下った不運な人物」と評されたものだ。

七十六歳の父精一は会長職に留まっていたが、事態の急変が理解できなかった。地元国会議員の後援会長も務めていた父は、一局長の通達で世の中がひっくり返る日本の体制が理解できず、「いずれ政治家が救済してくれる」と信じて陳情に精を出していたが、九二年末には脳溢血《のういっけつ》に倒れて急死した。

上杉建設が二度の手形不渡りを出して事実上倒産するのは、その三ヶ月後である。

「不動産バブルの崩壊で俺の青春は終わった。あとに来たのは灼熱《しゃくねつ》と水涸《みずが》れの日々だった」

と上杉憲三は思う。父の財産と負債は相続放棄して債鬼からも税務署からも逃れたが、先祖伝来の家屋敷や農地はすべて失った。二年弱にわたる長い裁判の末に破産宣告を受けた。税務署と債権取り立て人が見逃してくれたのは、軽トラックとそれに積める家財道具だけだった。

上杉は、娘二人を連れて妻玉代の実家を頼って旧高田市域の木造アパートに移った。一九九五年三月十五日、四十六歳の誕生日だった……。

(五)

「ああ、もう午前二時を過ぎたぞ……」

上杉憲三は、目の前の壁時計を見て呟いた。受験勉強中の孫猛伸も寝たらしく、隣の窓の灯は消えている。

「俺も寝よう……。この年寄りに夜中までせねばならない仕事なんてないんだ……」

上杉は自分にそういい聞かせてパソコンの電源を切ろうとした。だが、頭の中で動きだした思い出は容易に収まらない。

「そういえば……」

と呟きながら、上杉はパソコンを置いたデスクの右下の引き出しを開いた。そこには古い写真帳が並んでいる。その四冊目「一九九七〜二〇〇三」と記されたのを取り出し、手紙と共に挟《はさ》まれた写真を開いた。

「一九九七年四月十日、第九回加米の会」との注記の写真には男三人女一人が写っているが、上杉自身の顔はない。破産宣告から三年目、経済的にも精神的にも出席できる状況ではなかったのだ。

「この頃、みんなも厳しかったんだ……」

と、上杉は呟いた。いつもは幹事役を務める三友銀行の福島正男は上海《シャンハイ》に赴任中で欠席。弁護士の石田光治《いしだみつはる》も、前年の衆議院議員選挙で落選したせいか欠席だった。出席者の表情も冴《さ》えない。山中幸助は相続税で船場《せんば》のビルを失った上に、二年前阪神大震災で自宅も半壊、敷地の半分を売ってやっと再建した直後だ。神奈川の教員大久保春枝《おおくぼはるえ》も疲れた表情だ。バブル期に買った住宅のローンが重くのしかかっていたのだろう。

毎朝《まいちょう》新聞の古田重明《ふるたしげあき》は、北海道支社長から本社政治部長に返り咲いて張り切っていると思いきや、意外と難しい表情をしている。社内の主導権争いに巻き込まれて政治部長の席には戻れず、アメリカの情報産業の開放を称《たた》えたため、編集委員に飛ばされたのだ。

「四十代後半は蒸し暑さに耐える年代なんだ」

と上杉は思い返した。

青春の夢は遠く去りながら、白秋《はくしゅう》の収穫はまだ計り知れない……。現実の厳しさと未来への不安が同居する年頃である。

そんな中で唯一、ワイングラスを手に悦《えつ》に入っているのが大男の加藤清一、厚生省薬務課長に就任した直後だ。この「加米の会」を招集し、製薬会社の福利施設に会場を設定したのもこの男だった。添えられたワープロ打ちの手紙には、こうある。

「小生の薬務課長就任を祝う『加米の会』、四人が集まりました。日本はいよいよ少子高齢化。年々医療費は増大し、今年は三十兆円を超えるでしょう。わが厚生省は医療問題、年金問題、高齢化問題、感染症問題などで大忙し。人員も機構も急増必至、年金と医療保険で所管の資金も膨大に溜まるので運用先への影響力も強まっています。一方、女性の選択権を守る立場から妊娠中断を六ヶ月の前半まで容認したので、合計特殊出生率は一・四まで下がりました。日本の未来はわれわれ厚生省の双肩に掛かっている、と身も引き締まる思いです。いずれお目に掛かって詳しく説明いたしましょう」

厚生官僚・加藤清一の高笑いが聞こえてくるような文面である。

「いやいや、あの頃が最悪だったわ、世間も俺も……」

上杉憲三は、そう呟いて古い手紙を畳んだ。

上杉がこの手紙を受け取ったのは直江津のアパート、一時仮住まいの高田から戻って一年余り経った頃だ。

妻の玉代は引き続き実家の医院で会計事務を手伝い、長女の直江と次女の理加は小学校に通っていた。結婚が遅かったせいで子供が小さく、この時期に学費がかからなかったのは幸いだった。

「環境が激変した時、動物が生き残る方法は牙《きば》を研《と》ぐことでも体を大きくすることでもない。雑食になることだ」

上杉は、大学時代に経営学で学んだ生物学の例《たと》えを忠実に実行した。その頃からかつての社員や知人を訪ね、小さな仕事をはじめた。個人の住宅や商店の改造、倉庫の補修や電線の張り替えなど、何でも請け負い、それぞれの職人や農家の老人を雇って工事をする。はじめは携帯電話と軽トラックだけが頼りだったが、この年の暮れには直江津の商店の二階に月五万円の事務所を借り、時給千五百円のおばさんを置いた。

それでも誠実な仕事振りが認められ、徐々に注文が増えた。日本経済が小渕《おぶち》内閣の景気梃入《てこい》れやモノ造り回帰などで活気を取り戻した時期でもある。

上杉が手にした写真帳にはゴム長姿で軽トラックを運転する自身の写真が貼られている。ベンツ三台を乗り回して「青年社長」といわれた十年前とは大いに違う中年男になっていた。頭髪が薄くなりだしたのもこの頃からだ。

それでも、この写真帳の巻末には「新築のわが家」があり、その裏には「二〇〇三年十月、第十回加米の会」と記された写真がある。

「石田光治さんの当選を祝って開かれた会合だったなあ……」

上杉は声を出して呟いた。この時は七人のメンバー全員が出席して集合写真に収まっている。

中央にいるのは、青い背広に赤い議員バッジを付けた小柄な石田光治。十年間の選挙運動と二度の落選の末にやっと摑《つか》んだ議席だった。

その割に石田の挨拶《あいさつ》は控え目だった。石田は、長年の選挙運動では山中幸助の援《たす》けを受けたことを述べたが、続けて「私も既に五十五歳、しかも野党の新人、できることは限られています」と断り、政治目標には「高齢社会での安心」を掲げた。だが、その具体策として「数少なくなる労働力を生産性の高い分野に回す雇用の弾力化が必要」と強調した。野党議員らしくない大胆な発言だった。

実際、石田光治はこの信念を貫《つらぬ》いたせいで選挙では苦戦を続けることになる。

続いては、前回は上海赴任中で欠席した三友銀行の福島正男が挨拶した。

福島は銀行のことや日中経済よりも、自分が帰国早々に杉並《すぎなみ》の外れに自宅を新築したことを強調した。銀行での出世コースから外れたのを感づいたのだろう。

それでも大久保春枝は、

「流石《さすが》に銀行の人は上手いね。ウチなんかバブルの最中に家買ったからローンの返済がまだまだ大変なのよ」

と口を尖《とが》らせたものだ。

それに対して毎朝新聞で出版局付編集委員になっていた古田重明は、

「ウチは新宿区住吉町《すみよしちょう》のマンションにしたよ」

と語った。毎朝新聞での権力闘争よりも、評論家として生きる覚悟を定めたらしい。

三人目の前回欠席者として挨拶に立った上杉憲三は、「バブル景気の崩壊から十年、大変苦労しましたが、私ども上杉建設の売り出した物件も値下がりや売れ残りで多くの迷惑をお掛けしたのだから……」と語った。湯沢のリゾート・マンションも埼玉の住宅団地も群馬の工業用地も未利用のままだった。

「反省は反省として、私自身は雑食獣のように慎ましく生き、ようやく今年自宅を建てるまでになりました。といっても過疎地、敷地五百平米、建坪百二十平米で約二千万円、是非みなさんも老後は上越でお過ごし下さい」

と結んだ。

「五十代中頃は晩夏の候《みぎり》だったんだ……」

上杉は「第十回加米の会」の写真にそう語りかけた。この年代になると、大抵の人は人生の方向も距離も定まってくる。

そんな中で一人、天下国家を論じたがったのは厚生官僚の加藤清一だ。

「上杉さんの再起はめでたいが、もう一人忘れちゃいませんか、というのが実は私だ」

加藤はそういって身を乗り出した。

「御存知の通り私はこの七月、厚生労働省年金局次長に任命されました。このポストはきわめて重要、年金制度の大改革の参謀長に当たるのですよ。これまでの政治や巷論にまぎれて疎《おろそ》かにされてきたが、今度こそは『百年保てる年金制度』をわが厚生労働省が確立します。石田さん、いや石田先生、野党も御協力して下さい」

とぶった。

これに大久保春枝は「われわれ公務員の年金はきっちり守るでしょうね。もともと公務員には恩給制度があったんだから、他とは違うのよね」と訴えた。

続いて銀行員の福島正男が、「厚生労働省には百六十兆円もの年金基金の運用ができるのかな」と呟いた。

そして最後に山中幸助が、「年金保険料を支払う者がどんどん減るんじゃ困るよ。組合保険からの繰り入れにも限度があるから確《しっか》り徴収しなきゃあ」

と注文した。これに対して加藤清一は自信満々に応えたものだ。

「そういういろんな意見があるからこそ、われわれ専門の官僚に委《まか》せて欲しいんだな。それを上手に国民に説得するのが政治とマスコミじゃないかな」

「二〇〇三年十月の加米の会、あの時は日本の未来の問題がいろいろ出た。けど、どれも未だに解決されていないなあ……」

上杉憲三は、そう呟いて写真帳を閉じた。

（六）

「昨日書いた手紙、出して来るよ……」

翌月曜日の午前十時、遅い朝食を食べ終えると上杉憲三は、妻の玉代にそういった。

「昨日書いた手紙って……」

玉代は少し笑顔を作って訊《たず》ねた。

「ほら、お前にも見せた加米の会の招待状だよ」

上杉は笑顔を返しながら六通の封書を掲げて見せた。

「ああ、あれ……。あなた本気なのね」

玉代は梅干し型に皺《しわ》の寄った口元を歪《ゆが》めて、「実現すればいいけどねえ」と呟いた。

「そうだな……」

上杉は曖昧《あいまい》に応えてから、しみじみとした口調でいった。

「昨夜も考えてたんだけど、人生って長いようで短いね。『時は流れない。積み重なっていくのだ』とはよくいったものだ。その通りだと思うよ」

「なるほどねえ、何となく分かるような気がする……」

玉代は窓の外を見て頷いた。上杉家の居間の窓からは、少しだけ北の海、日本海が見える。夏の太陽に照らされた波が眩《まぶ》しい。

「古いことも新しいことも、過ぎたことはみな積み重なっている。いわば思い出の中では同じ位置にあるんだな。五十七年前の『カナダ・アメリカ旅行』も、四十一年前のお前との結婚式も、二十五年前のこの家の建築も……」

上杉は感慨深気《げ》に独り呟いた。

「そうねえ、この家を建ててからもう二十五年を超えたのよね」

玉代も部屋の中を見回し呟いた。

「そうだよ。直江津のアパートでめし喰《く》った後の卓袱台《ちゃぶだい》に図面を拡げて、直江と理加には平等に六畳、夫婦の寝間は二つに仕切って独立なんていい合った。あの頃俺はまだ五十四歳だったんだ……」

「そうねえ、もうお終《しま》いかと思った時もあったけど、とにかく頑張ってこの家建てたから、直江も理加も大学出して結婚させられたのよね」

「そうだよ。直江が結婚したのがこの家建てて八年目の二〇一〇年、理加は十二年目の二〇一四年。あの頃は俺も仕事がなくて、一包六枚のパンを朝昼晩に二枚ずつ、裏庭の野菜と鶏の卵だけで喰ってたこともあるよなあ」

「まあねえ……」

玉代は言葉少なく頷いた。悦《よろこ》びも苦しみも口に出して騒ぐ性《たち》ではない。

「九二、三年のバブル景気の崩壊は凄かったが、二〇〇八年のリーマン・ショックも酷《ひど》かった……」

と上杉は思う。

二〇世紀末から雑食を漁《あさ》るようにして小さな仕事を積み上げてきた上杉憲三は、二〇〇三年には資本金一千万円の「上杉建設新社」を立ち上げ、市役所の仕事も請け負える資格を得た。またこの年には直江津東方の生まれ故郷に近い場所に五百平米余りの宅地を求めて百二十平米の自家を建てた。

小さいながらも仕事はあり、二〇〇六年には長女の直江が地元大学の家政学部に、〇八年には次女の理加が東京の公立大学の教職課程に入った。これで上杉家の家庭も安定するかと思った矢先に世界金融恐慌、いわゆる「リーマン・ショック」が生じた。

「リーマン・ショック」はアメリカの低所得者向け住宅金融（サブプライム・ローン）の破綻から生じた不況だが、その被害は日本でも酷かった。「モノ造り回帰」で膨らんでいた日本経済は一気に冷え込み、中国などとの輸出競争でも押し捲《まく》られた。

それに加えて、地方経済を決定的に悪くしたのが警察の交通規制の徹底強化だ。公共交通機関の乏しい地方都市では、飲酒運転の取り締まり強化で外食客が激減、午後七時を過ぎると中心商店街も閑古鳥が鳴くシャッター通りと化した。直江津駅前でも開いている店は東京資本のコンビニエンス・ストアか安価の飲食チェーンばかり、地元の人々の経営する小料理屋や洋品店は姿を消した。一時は国道端に群生した量販店も頭打ちになった。

「結局、田舎者はコンビニに売ってる規格品だけで暮らせということかねえ」

　上杉の妻玉代はそう嘆いたものだ。

　当然、このことは「上杉建設新社」の経営にも打撃を与えた。商店の改築改造はなくなり、住宅を建てる住民もいなくなった。工場や物流倉庫の建設も減り、人口の激減で託児所や学校の建設もなくなった。地場の零細企業には実に厳しい状況である。

　それでも「上杉建設新社」は持ちこたえた。常勤従業員が代表の上杉だけ、「経費の削減」とは上杉自身の生活費を削ることだ。

　長女の直江は市役所やJRの催すイベントの手伝いでアルバイトし、東京の公立大に入った次女の理加は学習塾の講師で働いた。

　そんな中でも上杉憲三は洒落《しゃれ》っ気を失わなかった。写真や川柳で地元紙に入選したし、市役所の催すイベントの飾り付けを引き受けても好評だった。普段は作業服を着用したが、時にはピエール・カルダンのスーツにエルメスのネクタイで出た。妻の玉代もそれに劣らぬおしゃれ上手で、北越地区では「カッコのいいおばさん」だった。

　そんな時、長女直江には求婚者が現れた。二〇一〇年、直江二十三歳の時だ。相手は地元の二級建築士だが、長身の美男子で英会話が少しばかりできた。

　上杉はこの結婚に賛成し、すぐ自宅の南側に住まいを建てることにした。山地の豪雪地帯に放置された農家を買い取り、その木材を使って家を建てたのである。

古家の木材を一本一本測って新築住宅に組み込むのは、楽しいパズルだった。こうしてできた長女の新居は結構豪華、天井の高い居間と六つの部屋を備えていた。直江がたて続けに三人の女子と一人の男子を産んだのも、この広い家のせいだったかも知れない。

それより前、この家が完成したのを見て、地元信用組合の元理事長が、「俺にもあんな家を建ててくれ」と申し込んで、上杉家の隣に六百平米ほどの土地を買った。二〇一一年二月、東日本大震災の直前のことだ。

上杉は豪雪地帯を回って放棄された豪農屋敷を探し、娘の家と同じ丁寧さで元理事長夫妻の家を建てた。完成までには二年を要したが、六十歳代に入った上杉憲三が喰い繋ぐには十分だった。

こうして完成した元理事長宅はかなりの豪邸だったが、建築主に幸せをもたらしたとはいえない。この家が完成してからしばらく後で、地元の短期大学が学生不足で閉鎖となり、そこの教授だった元理事長の息子は職を失って東京に移住した。過疎と少子化がいよいよ深刻になっていたのである。

そんな中で「上杉建設新社」も自然閉業、隣に建てた元理事長宅が最後の仕事といってよい。長女の婿山田司朗は、上越地方の中高年をまとめて東北に出稼ぎに行ったりして喰い繋いでいた。

　この時期、上杉家に目出度《めでた》いことといえば、二〇一四年十月、東京の公立大学を卒業していた次女の理加が、地元の税務署員と結ばれたことぐらいだ。

　次女理加の結婚式は簡素だった。直江津駅前のファストフードの店で立食パーティー、花婿花嫁共に平服に花を飾っただけ、新婚旅行は韓国旅行三泊四日だった。それでも花婿の宇佐美健夫は、韓国人気俳優のショーを楽しみにしていた。過疎化した地方都市では、滅多に見られないイベントなのだ。

「とうとう日本もここまで来たか……」

　上杉憲三も、そう思ったものだ。

　一九九三、四年の倒産期が夏の灼熱地獄とすれば、二〇一四年から六年の沈滞期は、秋口の海浜のような淋《さび》しさだった。人影のない砂浜に見捨てられた葦簀《よしず》張りの小屋が残る寂《せき》寥《りょう》感が、この国の地方には漂っていた。

（七）

「あなた、加藤さんって、さいたま市だった、代々木《よよぎ》じゃないのお……」

テーブルの向かい側から、妻玉代の声がした。手には夫憲三が書いた招待状の入った六通の封書を持っている。

「いや、三年前の加米の会のあとで引っ越したらしいなあ、年賀状で確かめたんだが……」

上杉は静かに答えた。

「そう……、加藤さんはいつも渋谷区《しぶやく》代々木で、いいところに住んでると思ってたのに」

玉代は首を傾げていったが、

「あれは公務員宿舎か社会福祉何とか機構の社宅だったんだよ」

と上杉は答えた。

「ふーん、じゃあ今のこれ。さいたま市の永寿館《えいじゅかん》というのはマンションかな……」

玉代は、住所の下の文字を指して訊ねた。

「そうだと思うよ。加藤さんには東大出の自慢の一人息子がいるからなあ。奥さんは厚生省の先輩の令嬢、フランスから帰るとすぐ受験校に入れたんだよ」

上杉は、記憶にある限りの情報を伝えた。

「そんなこと聞いたことあったなあ、何も彼《か》も用意周到なのよね、加藤さんって……」

玉代は、遠い昔を思い出すような眼差しで夫の禿頭を見てから次の封書を見て叫んだ。

「石田さんは、やっぱり大阪へ帰ったのね。大阪市中央区になってる……」

「そう、二〇二五年に参議院議員の任期満了、大阪へ戻って弁護士を続けたんだ。その住所は法律事務所兼用だろう」

上杉はそんな推測を語った。

「ふーん、あとの四人は同じね……」

玉代は残りの四通の住所宛名を確認して呟き、

「少しでも目立つようにこの切手を貼った方がいいわよ」

といって、背後の小箱から切手を出した。上杉謙信《けんしん》の肖像画の付いた上越地方のふるさと切手だ。

「うふふ、これはいいなあ。何となく俺が謙信の子孫に見えるぞ」

上杉憲三は、老妻の配慮に微笑んだ。

「上杉謙信の子孫が新潟県にいるはずないでしょ、息子の景勝《かげかつ》の代に山形《やまがた》県の米沢《よねざわ》に行っちゃったんだから……」

玉代は声を出して笑ったあとで付け加えた。

「投函に行くにしても、骨董物の軽トラックなんか、もう運転するんじゃないよ、私の電気自動車で行きなさいね。電気守がガソリン車を運転してたんじゃあ格好つかないから……」

「分かってるよ」

上杉はにやりとして頷いた。

（八）

二日後——。

最初の返事がファクスで届いた。兵庫《ひょうご》県芦屋《あしや》市の山中幸助からだ。

「必ず出席します。何日でも結構ですが、できれば九月中頃以降が有り難いです。

私は五年前に個人タクシーを廃業以来無職、今は息子夫婦の経営する道頓堀《どうとんぼり》の飲食店に時々顔を出す程度。それでも夏は多忙です。

お言葉に甘えて妻雅美《まさみ》と共にお伺いさせて頂きます」

とあった。

「へえ、山中さんが個人タクシーやってたなんて知らなかったわ。確か前には船場の大金持ちだといってなかった、あなた……」

玉代はこの文面を見て呟いた。

「そうだよ。ま、うちと同じだ。バブル弾けと相続税、それにリーマン・ショック後のS電機の消滅で一般勤労者になったんだよ」

上杉はそんな解説をしたあとで付け加えた。

「それにしても息子さん、道頓堀で飲食店経営とは洒落てるなあ、あそこは今や世界の名所だからなあ……」

その二日後、二通の返事がファクスされて来た。元毎朝新聞の古田重明と元三友銀行の福島正男からだ。

まず、元毎朝新聞の古田重明の返事はこうだ。

「単身で出席。九月中頃が好都合。

わが後輩で高齢者向け雑誌『あれそれ』の発行人兼編集長を継がせた小堀作三《こぼりさくぞう》君に上杉さんのお手紙を見せたところ、『電気守の生き様を取材して記事にしてくれ』といわれました。私も大変興味があるし、高齢読者も関心を持つでしょう。そんなことで私には雑誌社より旅費宿泊費が出ますので、夫婦連れとは参りません。私は今も新宿区住吉町のマンション暮らし、翻訳家の娘と共に『正しい日本を知らせる会』の運動を続けています。このため、八月十五日の『戦争終結八十三周年』には仲間と共に渡米の予定です。『戦時神話』はますます露頭、今年は世界各地で『WTA（ウォー・タイム・アトゥロシティ）運動』、つまり戦争中の日本の残虐行為を訴える運動が予定されています。私たちの運動は、未だ『謝罪と反省』ばかりを繰り返す日本政府に代わって、『正しい歴史認識と現状を区別して紹介する』というものです。九月の集まりでは、その運動の現実と成果もお話しできるでしょう。戦後を生きたわれわれ団塊の世代が、世界から非難されることのない日本にする義務があると老志を燃やしています」

「古田さん、凄いわね……」

一読して玉代が驚きの声を上げた。

「これはおもしろくなるかも……」

上杉はにやりとして次のファクスを手に取った。元三友銀行の福島正男からの返事である。

「盛夏の候、上杉様には益々御盛栄と知りお歓び申し上げます」

という季節の挨拶のあとに、

「私と敦子《あつこ》、夫婦で参加させて頂きます。日時は八月の盂蘭盆《うらぼん》、九月第一週および第四週以外なら、火曜日を除いていつでも結構です」

とある。どうやら敦子夫人の代筆らしい。それに続く近況報告はこうだ。

「実は長女利栄《りえ》の夫、岡本常安《おかもとつねやす》は食材の仕入れで上越地方にはしばしば伺い、上杉様の電気畑もよく見ているそうです。『是非とも見学して来い』と勧めてくれました。孫の新作《しんさく》はデザイナーの道を諦め、父岡本の跡を継ぐべく料理の勉強をしています。

息子の健平《けんぺい》は未だ独身で京都住まいの観光案内人、中国人団体客を連れて金沢《かなざわ》まではよく行くそうですが、上越地方には滅多に入らないといいます。もし上杉様に、健平の嫁にふさわしい女性のお知り合いがいれば、是非とも御紹介下さい。既に五十一歳ですが、決して結婚を拒んでいるわけではありません。むしろ最近の中年結婚ブームに刺戟《しげき》されてか、家庭を求める気にもなっております。

もしお許し頂ければ、そして健平の都合が付けば、私ども老夫婦と同行させて頂きたく存じます」

「へえ、息子さんの縁談の世話ねえ、なんだか俺たちの結婚した時代みたいだなあ」

一読して上杉憲三は唸《うな》った。

「そうよ、この頃多いのよ、親が進める結婚が。男の子が優し過ぎて女性をつかまえきれないのよ」

玉代がファクスを引き取って読みながらいった。

「お前、誰か紹介してやれよ、心当たりないかねえ」

上杉は真顔になっていった。

「ふーん、五十一歳か……。それでも子供は欲しいだろうから、相手の女性は三十代かもねえ……」

玉代はそう呟いたが、次には、

「一人いるよ。結婚したがってるとってもいい女《ひと》……」

「じゃあ、福島さん夫婦が息子さん連れて来たら、その女を呼ぼう。連れて来るか来ないかが運だな」

上杉はニヤリとして呟いた。女性の名も素性も訊ねなかったのは、世の激動に翻弄《ほんろう》されてきた自らの生涯で得た知恵だろうか。

その翌日、もう一通の返事がメールで来た。参議院議員を務めた石田光治からだ。上杉はそれをプリントアウトして玉代と共に読んだ。

「御招待有り難うございます。九月、それも中旬以降にして頂ければ、私と長女の初音《はつね》で出席させて頂きます」

まずそう書いたあと、

「小生は参議院議員の任期が切れる二〇二五年に『雇用流動化法案』の提出議員に名を連ねたため野党を除名されました。衆議院議員に初当選した二〇〇三年の『加米の会』で述べた所信を、議員生活の最後に至ってやっと貫くことができたわけです。この法案はその後衆議院を通過、参議院で攻防戦が展開されましたが、小生はじめ六名の野党議員が賛成に回り、成立しました。私の政治家としての使命は完了、忠実な参謀となってくれた長女初音と共に北の海の夕日を見物に行きます。初音は司法書士の資格があるので、私の法律事務所を引き継ぐことになるでしょう。

なお、私の選挙出馬に反対して別居した妻と長男好太《こうた》は、大阪豊中《とよなか》市で子育てホームを営んでいます。最近は二十歳未満の若者出産が欧米並みに増加、若い母親からの「六年育児」の需要が激増しています。実は私の長男も二〇〇四年に最初の結婚をして男児をもうけ、四年後には二度目の結婚をして二女を授かりました。そしてその長女が昨年、十九歳で男児を出産しました。『加米の会』のメンバーでも曾孫《ひまご》を持つのは私だけではないでしょうか。政治家ゆえに、あまり世間には別居した妻のことは知らせていませんでしたが……。

上杉様は御子様御孫様と御一緒にお幸せですが、私も近い将来に一家合流して暮らしたいと思っています。

あとは、北の海の夕日を眺めながら語り合いましょう」

「これは……石田光治さん、元の鞘《さや》に収まったってことかねえ……」

石田の手紙を読んだ玉代が、目を細めて訊ねた。

「ま、家庭的にはそういえるかも知れんな」

上杉はそう答えたあとで続けた。

「しかし、彼は最後の参議院議員三年間でいい仕事をしたよ。妊娠中絶の時期を国際水準の三ヶ月に短縮する法案も通したし、雇用流動化法も通したし。衆議院議員の時には次の選挙を考えてできなかったことを、最後に参議院議員の三年間でやったんだなあ」

「じゃあ、奥さんとの三十年間の別居も選挙のためかねえ」

と玉代は溜め息をついた。

「まあ、奥さんは選挙嫌いだったから。お互い別の相手を持たずにいたんだから、愛してたんだね、きっと……」

「なるほどねえ、それならウチにも一緒に来ればいいのに……」

「そうはいくまい。まあ、その辺は会ってみての楽しみだな」

上杉は老眼鏡をずらして呟いた。


さらに二日後、分厚い封書が届いた。差出人は横浜の大久保春枝だ。

「盛夏の候、上杉様には御一家お揃いで御健勝の由、歓びに堪えません」

まずは、元国語教師らしい丁寧な挨拶があった。だが、その次には、

「御親切な御招待は真に嬉《うれ》しいのですが、この度は上越まで伺うことはできません。というのは、夫の彦三《ひこぞう》が昨年二月、脳出血で倒れて目下自宅療養中、私は側を離れられない状況です。

彦三が自宅風呂場で倒れた時には、私も驚き慌てました。その頃わが家には老夫婦と子犬のコロのみ、息子和久《かずひさ》一家は原子力発電所の仕事で中国広東《カントン》省に常住していたからです。

それでも何とか救急車を呼んで彦三を入院させました。幸い彦三の病状は軽い方でしたので三ヶ月で退院を迫られ、『リハビリ療棟に入るか、自宅療養をするか』を選ぶことになりました。

私も自動車の運転が危うくなっていたので病院通いが辛くて自宅療養を選び、介護の方々に来て頂くことにしました。介護士の方はよくやってくれますが、しばしば人が代わり、その都度様々な行き違いが生じます。

そんな時、神の啓示か仏の情けか、アメリカに行った娘の咲世《さきよ》から便りがありました。彦三が密《ひそ》かに続けていた仕送りが途絶えたので催促してきたのです。アメリカも経済が厳しく子供三人を抱える娘一家の生活は楽ではなかったのです。

私は、『是非日本に来て援けてくれ』と申し送りました。『家もあるし、職も探す』と哀願したのです。これが通じて、昨年八月、娘の一家（夫婦と三人の子供）が来日、私共の横浜の家に住んでくれることになりました。

目下、娘婿のミゲルは横浜の廃棄物会社に勤め、娘はパートに出ています。三人の孫は国際学校に通い、日本語の勉強に励んでいます。娘の長女マリアと次女のテレサは音楽好きでペアでライブハウスにも出ています。息子のロペスは高校生、夢はサッカー選手です。

娘一家が彦三の介護を手伝ってくれることはありありませんが、とにかく心強いことです。

人生、何がどうなるか分かりません。『カナダ・アメリカ十五日間の旅』を御一緒した時には、平凡な教師、そして主婦、母親を予想していた私ですが、現実は大波瀾《はらん》の生涯でした。その間も変わらぬ友情を保って頂いたみな様の御厚情に感謝しております。

みな様によろしくお伝え下さい。

また、お目にかかる日のあることを祈っております。

二〇二八年七月二八日
大久保春枝
上杉憲三様」

「うーん、なるほど……」

上杉は読み終えた手紙を、妻の玉代に渡して呻《うめ》いた。

それを受け取って読んだ玉代もまた、

「ふーん、なるほど」

と同じ呻きを漏らしただけだった……。

「加藤さんの返事は来ないね、メールも入っていないの……」

大久保春枝の手紙が来た翌日、朝食のあとで玉代が訊ねた。

「ふん、俺も注意して見てるんだが、ファクスもメールも入っていないよ」

上杉憲三はそう答えてから続けた。

「もう一回、催促の手紙出してみるよ。住所が変わってるからファクスもメールも分からないからなあ」

上杉がそういったが、玉代は首を傾げた。

「他の人の都合が分かったんだから、日時を決めて招待状を出した方がいいわよ」

「それもそうだ……」

上杉は立ち上がって壁のカレンダーを指差した。

「九月の中旬、老人らしく観光客の少ない水曜日に来てもらって一泊、木曜日に帰ってもらうか」

といった。

「そうね、私たちは何曜でも同じだからね」

玉代もそれに賛成、九月十三日水曜日に決め、改めて全員に招待状を送った。「欠席」

を報せて来た大久保春枝には「残念至極」と書き添え、「いずれお見舞いに参上したい」とも書いた。

（九）

「いよいよ明日だね、加米の会のみんなが来るのは……」

九月十二日、夕食のあとで上杉憲三は、そんなことを呟いた。

「もう北の家は掃除もして貸蒲団も揃えてるよ、今、蒲団乾燥機を掛けてるところよ」

玉代が梅干し型の口元をほころばせて応えた。昼過ぎから、隣に住む娘と共に大奮闘、八人分の蒲団と寝巻を整え、風呂場を掃除していたのだ。明日は午後三時過ぎにみな着く予定だ……。

その時、「キーンコーン」と玄関の呼び鈴が鳴った。

「ハイハイ……」

インターホンで答えた玉代が、一瞬凍りついたような表情で振り返って囁《ささや》いた。

「加藤清一さんよ」

「え、明日のはずだが……」

上杉は立ち上がってインターホンを取って「どなた」と確かめた。

「加藤だよ、上杉憲三さんだよね」

という野太い声が返って来た。

「え、明日じゃないですか、加藤さん……」

上杉は驚きの叫びを上げて妻の方を振り返った。

「あ、そうだったか、間違えたかな」

インターホンからそんな声がしたが、慌てている風はない。

「いやあ……、明日九月十三日水曜日と書いて送ったはずですが……」

上杉は狼狽《ろうばい》気味にいったが、相手は戸惑う風もなく呟いた。

「間違えたかな、まあいいや。ちょっと入れてくれよ」

「いいとも、いいとも」

上杉は、インターホンで解錠し、慌てて玄関に出た。そこには紛れもない加藤清一の長身が立っていた。

「いやあ、間違えて済まん。上越妙高の駅から結構遠いんだな。タクシーで四十分もかかったよ」

加藤は無遠慮に玄関口の上がり框《かまち》に座り、ゆっくりと靴を脱ぎながらいった。

「君んとこの電話番号をメモした手帳を忘れちゃってな。この手紙の住所を頼りにタクシーで来たんだ」

と不満気に呟いた。

「そりゃあ大変だったね、加藤さん……」

上杉は驚きを抑えて応えた。

「うん、大変だったぞ、ほんとうに……」

加藤は、いつもの横柄な口調でいうと、

「これ、土産だ」

と呟いて、草加《そうか》せんべいらしい包みを差し出した。

「ありがとう、そんな気を遣ってもらわなくとも……」

と上杉は呟きながら背後の妻を見た。玉代の表情は驚きから渋面に変わっている。

「加藤さん、返事くれなかったから、用意もないけど、まあ上がってめしでも喰って下さいよ、とにかく……」

「そうだっけ……」

加藤はすっとぼけたようにいって立ち上がった。

「俺は今、家内と一緒に高齢者養護施設にいるんでね、返事出したつもりだったんだが、施設の奴《やつ》が忘れたのかな……」

と呟いた。

「養護施設の従業員なんて間抜けばっかりだよ。うちの施設は高級のふれ込みなんだが、金だけ高くとってサービスの質は低いんだ」

「そうですか、それじゃあ大変だね、加藤さんも……」

上杉は、居間に客人を導きながら応えた。

「そうだよ、女房もメニエール病だし……。それに同じ施設に入ってる連中の質《たち》がよくなくてなあ。公設施設てえのはつまらん連中が多くて、話が合わんのでね。その割に費用がかかるんだよな、公設民営だから。ウチは年金が結構あるから特等室借りてんだけど、まあ退屈でね。一日も早く加米の会の人たちに会いたくなったんだよ」

居間に入った加藤は、品定めをするように部屋の中を見回しながらぶつぶつといった。

「俺たちが作った年金制度のお蔭で、一般の連中まで結構高い養護施設に入れるんだなあ」

「ふーん、それは結構じゃないですか。うちは三世代二棟住居ですよ」

上杉は何気なく応えたが、心の中では、

「加藤さんは日時を間違えたのではなく、養護施設での退屈と摩擦を嫌って二晩泊まるつもりで来たのではないか」

　と疑いだしていた。妻の玉代も目顔で、

「食事、どうしましょう」

　と訊ねている。それに応えたのは夫の上杉よりも客人の加藤だった。

「まあ、暑かったからビールでも欲しいな、めしは何でもいいですよ、奥さん」

「ええ、突然なんで何の用意もありませんがね、養殖ハマチの刺し身と卵、トマトのサラダでいいですか」

　と玉代は応えていた。

「結構結構、養護施設の食堂は喰い放題とはいうけど、まずくて喰えんのですよ。みんな一緒だから煩《うるさ》くてねえ」

　加藤は出された缶ビールを無遠慮にグラスに注ぎながら愚痴《ぐち》を並べた。

「そりゃあ、加藤さんも大変だね……」

　上杉は相槌《あいづち》を打ってから訊ねた。

「ところで、息子さんはどうしていますかね、東大へ入ったと聞いたけど……」

「ああ、勘太《かんた》ねえ、アメリカに留学したきり全然連絡ないんだよ、向こうで適当にやってんだろう」

加藤は吐き捨てるようにいい、ビールを一気に呷《あお》ってから呟いた。

「まあ、古い家族制度からの脱皮を掲げてきたんだけど、われわれの政策は……」

加藤清一は、きっちりと正面を睨《にら》んでいった。古きよき時代の官僚の顔だった。

そして三分ほどかけてゆっくりと視線を下げて呟いた。

「年を取るのは、想定した以上に難しいもんだなあ……」

祥伝社文庫

団塊《だんかい》の秋《あき》

平成31年 4月20日　初版第1刷発行

著　者　堺屋太一《さかいやたいち》

発行者　辻　浩明

発行所　祥伝社《しょうでんしゃ》

東京都千代田区神田神保町 3-3　〒101-8701
電話　03（3265）2081（販売部）
電話　03（3265）2080（編集部）
電話　03（3265）3622（業務部）
http://www.shodensha.co.jp/

印刷所　図書印刷
製本所　図書印刷

Printed in Japan ©2019, Taichi Sakaiya　ISBN978-4-396-31757-7 C0191